WARNING

THE ROOMS HERE ARE ALL IN DANGER!

劏
SECRET ROOM
房

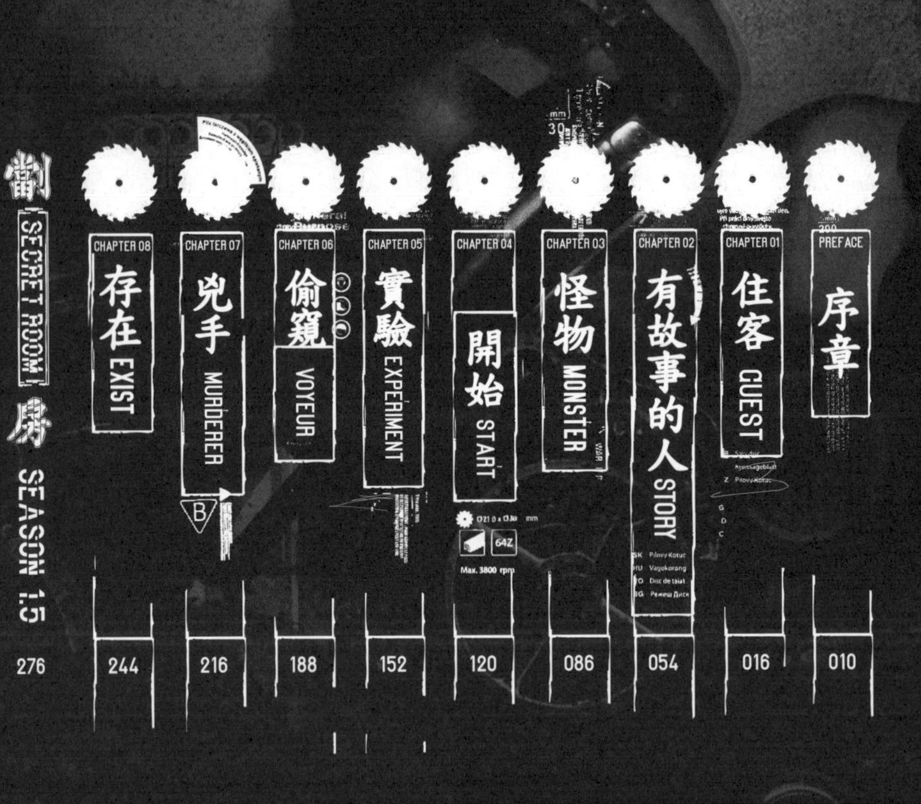

若要人不知，除非己莫為。

SAW
X.L.N.T.

一個人要有幾折墮，才會住在這裡？

房間內的傢俬、電器與用品，包括衣櫃、沙發、飯桌、梳妝台、茶几、電視機、冷氣機、風扇、雪櫃、微波爐、風筒等等……

通通都沒有。

只有一張沒有床褥的木床與一張發霉的木書桌。

「還好，有燈。」我伸手到燈掣位置，又開又關玩弄著。

四十呎的房間天花板，有一個最便宜的黃色鎢絲燈泡，黃光照著剝落的牆身，還有滿佈水漬的天花板。

網絡訊號奇差，比**56K Modem**還要慢，別要說下載影片，就連看AV也一格一格定格播放。

住客共用廁所、浴室與廚房等等。有時我夜歸，一定先在外面上廁所，然後不洗澡直接睡覺，可想而知，廁所的環境有多惡劣。

我的房間最接近廁所，有時我還會嗅到一陣陣的臭味。

不，直接一點，是屎味……人類的屎味。

來得這裡入住的人，一定本身有自己的問題，不然，露宿者之家與老人院也可能比這裡更好。

全港大約有九萬個劏房單位，有二十萬人居住，而我這裡，應該是最惡劣。什麼套房、板間房、天台屋也不及我這裡惡劣，我懷疑牆是用紙做的，隔壁房聽個電話我也可以聽到。

久而久之，隔壁房發出什麼聲音，我也不再理會，因為……

根本不關我事。

這裡比我小時候聽過的「籠屋」好一點，至少，我還是可以鎖上大門，有自己的私人空間。

我說如果門鎖沒有壞的話。

忘了說，除了木床與木書桌，還有一個鐵絲網包圍著整張床，真的像籠屋一樣，有時我睡夢初醒看到鐵絲網，還以為自己是一隻被遺棄、困在籠中準備被人道毀滅的狗。

你問我為什麼會做成鐵籠那樣？我也不知道，你自己去問包租婆吧。

聽包租婆說，這裡曾是一所三層舊式的鄉村小學，因為一次中毒事件，半班學生中毒死亡，學校被迫停課，再沒有新的學生，後來改建成宿舍大廈。

半班學生中毒死亡，會有鬼嗎？

也許，這是租金這麼便宜的原因吧。

不過，我怕窮多過怕鬼，鬼直接把我嚇死好了，而窮呢？我還是要在這個他媽的爛社會繼續……生存下去。

我看過一些叫「棺材房」的住宿單位，就只有一個床位，不過，還要比這裡的租金更貴。

這裡租金便宜還有其他原因。這裡的位置是深井的山區，要走十五分鐘山路才可以走到大街，很不方便，租金當然會更便宜。

當然，對「某些」住客來說，這裡反而是匿藏的好地方。我看著漏水的天花板，有一種與世隔絕的感覺。

與世隔絕的「寂寞感」。

來了這裡差不多一個月，還是不太習慣，而且經常有怪事發生，我有想過還是退租好了，不過，我又不想再找新的地方，而且我想再也找不到租金比這裡便宜的地方。

在沒有選擇的情況之下，我還是住了下來。

這裡四十呎，一千二百元月租。

我想四十呎也沒有。

所有故事……

就由這裡開始。

我姓窮，他媽的姓氏，而且我阿爺應該是很喜歡古希臘與馬其頓的君主貴族，改名也跟著改，就如亞歷山大一樣。

他們是亞歷山大一世、亞歷山大二世、亞歷山大三世……

亞歷山大三世被後人稱為「亞歷山大大帝」，引領希臘人走向最輝煌的時代，多威風呢。

而我呢？

我會被後人怎樣稱呼？

我寧願他們不稱呼我。

我叫……**「窮三世」**。

CHAPTER 01

住客

GUEST

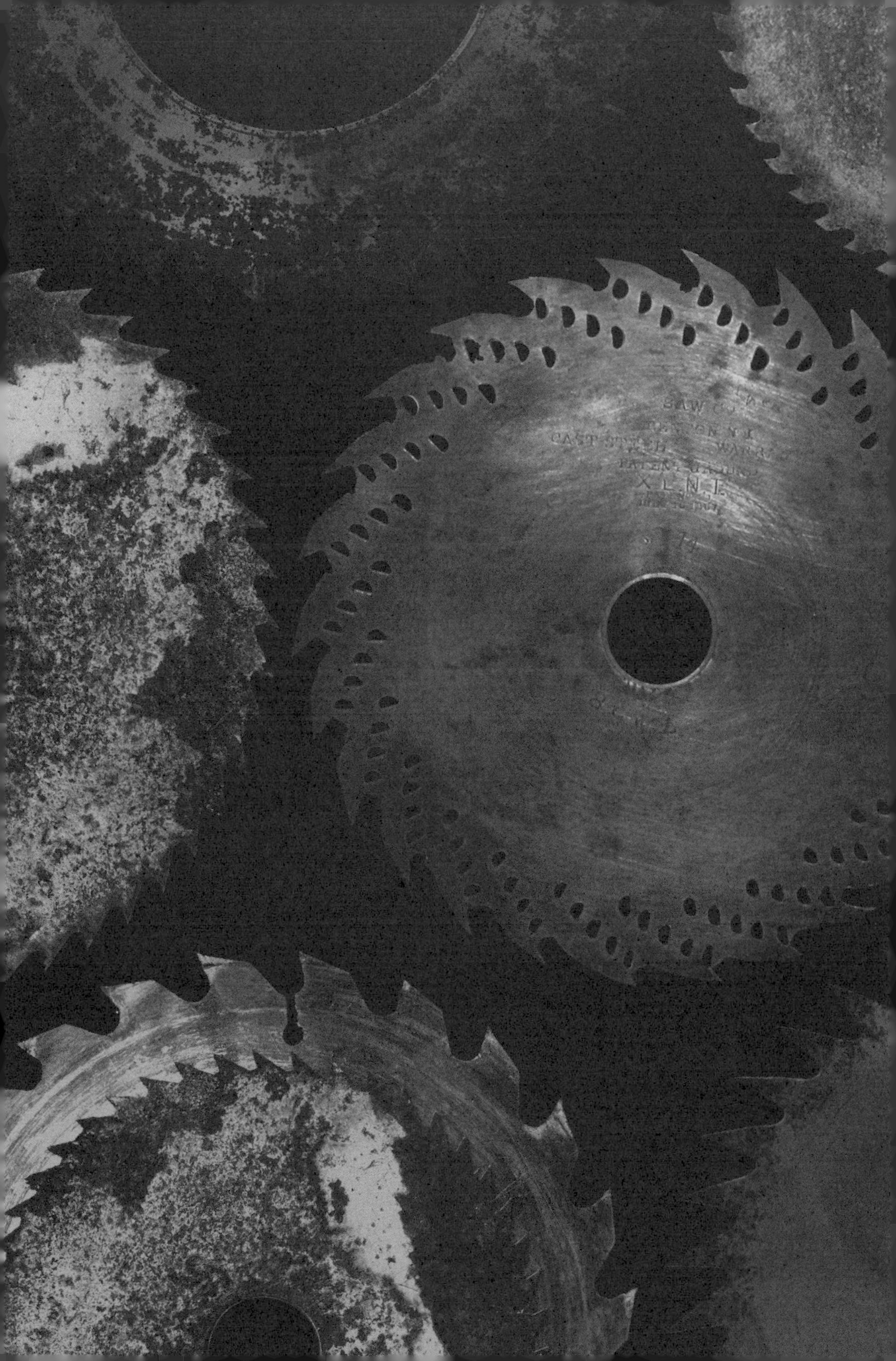
X.L.N.T.

CHAPTER 01

住客

GUEST 01

早上。

聖比得住宿之家大廈，因原址的小學「聖比得」而得名。住宿之家？這裡一點也不像是一個「家」。

在一樓的飯堂，這裡算是最清潔的地方，包租婆每天都會為住客做早餐，當然是要錢的，不過伙食費還算便宜，一個月一千元，早午晚三餐都可以來到飯堂吃飯，不會是大魚大肉，不過至少是住家小菜。

她說是參照韓國考試院的營運方法，希望住客有一個「家」的感覺。

家的感覺？算了吧，我住了一個月，不知道總共有多少住客，就算在走廊碰到面，也不會打招呼，有幾個房間的住客，甚至一星期也不出門半步，我最初還懷疑是不是死了在裡面。

「死了會有屍臭吧？」我吃下公仔麵自言自語：「屍臭我就聞到，屍臭倒沒有。」

「三世！」包租婆拍拍我背大叫我的名字。

我差點把麵吐出來！

我不知道包租婆叫什麼名字，大家都只會叫她包租婆，肥胖的身形加上一頭曲髮，穿著花花的衣服，臉上總是掛著詭異的笑容，額頭就像寫著「包租婆」三個字一樣。

「包租婆妳輕力一點好嗎？我差點全吐出來！」我說。

「拍拍你打氣，這樣不是更精神嗎？哈哈！」包租婆高興地說：「怎樣了？找到了工作嗎？」

「還在找，妳不用擔心。」

「我怎會不擔心？你沒工作就沒錢交租！如果你沒交租兩個月，我就立即趕你走！」包租婆用凶狠的眼神看著我：「到時你就沒法吃到我的撚手小菜！」

黐線，她真的以為我很想留低？

不過，算了。

「知道了知道了。」我敷衍地回答。

「你也二十五歲人了，好好找份工作吧。」包租婆說。

我想失業的嗎？那個賤種老闆無理解僱我才落得現在的田地，而且還要被追債……

此時，另一個禿頭大叔走進了飯堂，他住在104號房，通常早上最常見到的就是他。他看似

六十多歲，總是板著臉不會跟我說話，簡單來說，就像一個生意失敗走投無路的老年男人。

「毛叔早晨！」包租婆笑說：「今早吃腸蛋出前一丁！」

「嗯。」他簡單的回答。

這個叫毛叔的很奇怪，每天都是拿著同一份報紙在看，有次我趁他去洗手間，偷看了那份又霉又爛的報紙，是一九九八年八月三十日的報紙，頭版寫著「荃灣眾安街女童姦殺案」。

「包租婆妳好。」一個女人從二樓下來。

「法子今天這麼早？」包租婆笑容滿面：「快來吃早餐！」

「我不吃了，今日有事要忙先走了，再見！」她匆匆地離開。

「我的麵有毒嗎？」包租婆收起了笑容。

這個叫法子的女人，住在二樓，我不知道她住的房號。她大概三四十歲，看似是失婚中年女人，被老公拋棄又得不到贍養費那一種，總是慌慌張張的。

聖比得住宿之家大廈有三層，一樓是男子住客、二樓是女子住客、三樓是混合住客，因為浴室是共用的，所以一樓只有男子浴室、二樓是女子浴室，而三樓才有男女子分開的浴室。

老實說，這兩個人已經算是比較正常的住客，我還見過一些住客，古怪得我也不知道可以怎樣形容他們。

「包租婆，我拿回房間吃。」

一把聲音從我後方傳來。

「彬仔，你又躲在房間嗎？」包租婆說：「年輕人要多做點運動。」

他沒有回答，拿過了早餐之後，走回自己的房間。

我從來沒見過他的樣子。

為什麼沒見過？

因為每次見到這個住在102號房叫彬仔的住客，他的頭上都套著一個超級市場膠袋。

膠袋穿了兩個洞，我只能看見一雙……

讓人心寒的眼睛。

「包租婆，我吃飽了，回房間。」窮三世說。

「不多喝杯咖啡？」包租婆問。

窮三世沒有回答她，匆匆走回自己的房間。

我在走廊遇上他，我跟他點頭微笑，他卻當什麼也沒看到，直行直過。

我是透明的嗎？我以為我們年紀相若會比較投契，看來只是我一廂情願的想法。

他是住在我隔壁的住客，我住在107號房，他就住在108號。有次晚上我的手機充電線壞了，我拍門問他借線，他半句話沒說就關上門。

我是賊嗎？怕我會打劫他只有四十呎的房間？

去你的，這裡的住客全部都是怪人。

「甲仔！早晨！」包租婆心情愉快地說：「你又沒睡覺嗎？黑眼圈很大！」

「沒……沒有……」我低下頭托托眼鏡說：「只是……只是睡得……得不好……」

「來！吃我的早餐，保證可以治療你的口吃！哈哈！」包租婆用力拍打我的背。

黐線要這麼大力嗎？口吃我想的嗎？我也不想被人由細取笑到大！

「好……好的……」我勉強對著她一笑。

今天早上，又看到104號房那個毛叔在看報紙，差不多每天都見到他，而另外一個經常見到的住客……

「太陽像那大紅花~在那東方天邊掛~圓圓臉兒害羞像紅霞~只是笑不說話~嘰嘰……」

一說曹操，曹操就到。

本身唱兒歌《小太陽》是沒問題的，問題他是一個至少有一百八十磅的肥男人，而且還用一把老牛聲唱兒歌，讓人非常心寒。

他是105號房的住客，包租婆都叫他肥農，他總是笑笑口，而且手上還拿著一個已經發黃的爛兔公仔。

他跟104號房的毛叔，都是經常在飯堂遇到的住客。

「漏口仔早晨！」肥農走了過來，用一個詭異的眼神看著我碗麵：「腸仔……腸仔好像很好吃，嘰嘰嘰……」

漏口仔？沒名你叫嗎？我叫甲、田、由！

他說話時的口水還要噴在我的麵上！

包租婆把麵放在長桌上：「肥農我每天給你加料！」

「嘩！四條腸仔！我最喜歡吃腸仔！」肥農又在唱兒歌：「小小的宇宙~歡欣的宇宙~」

他終於走開，全身都是汗臭的他加上他的口水，我立即反胃不想吃下去。

「包租婆……我……吃飽了……先回去……」

此時，聖比得的大門打開，一個七八十歲的婆婆走進來。

「狗婆回來了嗎？一早又去餵流浪狗？」包租婆說。

「對，流浪狗很可憐，要吃多點東西。」狗婆說。

「妳人真善良！善良的狗婆！」包租婆說。

這個叫狗婆的婆婆，別看她身形矮小，說話陰聲細氣，她的樣子非常恐怖，半邊臉像被動物咬過一樣扭曲變形，當她笑起來時比恐怖片的女巫更可怕。

我記得有一次，因為狗婆行動不便，我扶她上二樓樓梯，她向我耳朵……吹氣！

他媽的想起也雞皮疙瘩。

我總是覺得除了我以外，在這裡租住劏房的住客……
沒一個是正常人！

早上，二樓浴室。

我喜歡早上洗澡，就好像把昨天的罪孽全部洗清，從新開始新的一天。

這裡的浴室就像日本人的舊式澡堂一樣，是開放式的；但不同的是，環境非常昏暗，而且四處都在漏水，還有設備都生鏽了。

其實也不能說是什麼設備，就只有水龍頭花灑和放番梘的鐵盤子。沐浴用品都要自備，就算有提供，我也不敢用。

還好，浴室的環境有多糟糕也好，水溫還是可以的。雖然洗澡的格位沒有門，不過我蠻喜歡水龍頭花灑下有一塊長身鏡子，可以看到全裸的自己。

我撫摸著自己的乳房，很享受看著自己的胴體，我甚至覺得，每天來洗澡是最快樂的時光。

回想一下，我已經來這裡住了三個多月，連我自己也不敢相信，我可以待在一個只有四十呎的房間三個月時間，如果是以前的我，一定會發瘋。

或者，發生「那件事」之後，才是我人生的解脫。

我只有二十六歲，已經……解脫了。

「妳背上的蝴蝶紋身很美。」

突然我身後有一把陰陽怪氣的聲音，我立即回身看……又是他！

不，應該說……又是「她」！

「我不是說過嗎？別要突然出現好嗎？」我帶點憤怒的語氣。

「妳的胸也很好看，嘻嘻。」她把視線移向我的胸部。

「別來煩我！」我說完立即離開洗澡格。

「真的很喜歡妳的身體。」她繼續說。

「妳喜歡就隆大妳自己個胸吧！」

真的很生氣，我快樂的時光又被破壞了，如果我現在有一把刀……

算了！算了！別去想！黛娜妳要冷靜！冷靜！

我穿上衣服走回自己的房間，我住在208號房。

剛才那個不男不女的叫東梅仙，她住在202號房，是一個變性人，我的確曾在浴室中看過她的身體，她已經完成了整個變性手術，胸部、喉核，甚至下體也已經動過刀，不過，我還是不能接受被一個變性人看著自己赤裸的身體。

「包租婆把她分配到二樓真的很噁心！」我在自言自語。

住在這劏房真的可以把人逼瘋，只有四面牆什麼也沒有，加上其他住客全都是怪人，再這樣下去……

我看著書桌上跟他的合照，還有我的手寫日記本，眼淚不禁流下。

他已經……不存在了。

如果他還在多好，如果他可以一生一世愛我多好？如果不是出現那個女人……

「啪！啪！」突然傳來了拍門的聲音。

「誰？」

「呵呵！我的風筒壞了，可不可以借妳的來用？」是那個噁心的東梅仙。

說。

「沒有！我的也壞了！」

「不可能吧？昨天我才看到妳在用，我沒記錯是粉紅色的，別要小器吧，借來用用！」東梅仙說。

「我……我小器？」

聽到「小器」兩個字，我的瞳孔放大，曾經，他也說過我小器，為什麼不能讓他跟女同事一起吃飯？最後，那個女同事成為了我們之間的外遇！

我非常非常憤怒，拿起了書桌上用來寫日記的尖鉛筆，打開了門！

東梅仙只穿著內衣……這件內衣……

「我跟妳買了同款的內衣，妳不會介意吧！呵呵！」東梅仙高興地說。

我瞪大了眼睛看著她的胸圍，我想起了那個賤小三，同樣跟我買過相同的內衣！

「把風筒借來吧！」

「我都說壞了！」

「別要小器啦！借我！」

我已經沒法忍受！我緊握尖鉛筆！

去死去死去死去死去死去死去死去死！

我住在204號房，突然聽到走廊很吵，就打開大門看。

那個變性人東梅仙與那個漂亮的女生程黛娜，正在聊天，好像在說借風筒的事。

「風筒我有，我借給妳！」我搭訕。

程黛娜的樣子非常生氣，好像想攻擊人似的。算了吧，我就做個順水人情，把風筒借給那個變性人吧。

「風風妳真好人啊！」東梅仙接過我的風筒說。

程黛娜用一個凶狠的眼神看了我一眼，然後用力關門。

「黐線，得罪妳嗎？」我輕聲說。

「風風妳在做什麼？不如我們一起下去吃早餐，呵呵！」東梅仙偷偷看著我的房間：「妳在燒什麼嗎？好像有點臭味。」

「哈哈哈！沒事沒事，我不吃早餐了，妳自己去吧！」我立即擋著她的視線。

「妳染的粉紅色頭髮，我真的很喜歡！配上妳蒼白的臉……」

「風筒用完放在浴室，我自己取回就可以了，BYEBYE！」我快速關上門。

這個東梅仙真的超煩，講過不停，超煩！

我坐回床上，準備我的「早餐」，她的早餐跟我的早餐根本就不一樣。

我用火機在錫紙下加熱，煙霧上升，立即用鼻子吸入。

「嗄……太正！這才是我的早餐，嘻嘻！」我閉上眼睛躺在床上。

現在已經要住在這個他媽的四十呎地方，如果每天不吸一下，我想我會自殺死。

「嘻嘻……嘻嘻……」

我最喜歡那種飄飄然的感覺，我曾經聽別人說過，別要跟那感覺對抗，要順著它走，就不會出現 **Bad trip**。

「嘻嘻……這是我最快樂的時光，我不會讓它變成 **Bad trip**……」

我開始看見不同的幻覺，視線開始模糊，做人為什麼要這麼清醒？渾渾噩噩的生活不就可以了嗎？

為什麼一定要好好讀書？不能誤入歧途？

為什麼一定要考第一？不能考最尾？

為什麼一定要在社會上有所作為？不能渾渾噩噩過一生？

「嘰嘰……我好像變了個哲學家……」我在自言自語。

此時，我聽到開門的聲音。

有一個人走了進來，我迷迷糊糊地看著他。

「先生，這是女生樓層，你不能進來……嘻嘻……」

「他」沒有回答我，然後他在我耳邊說了句話。

「實驗快要開始了……」

實驗？什麼實驗？

「嘻嘻……測試什麼？要考試嗎？我年年都考最尾的……嘻嘻……」

他沒有說話，只是對著我微笑……

這個男人是誰？

為什麼會走入我的房間？

算了，我才不理，現在我很快樂……非常非常快樂……

然後我……睡著了……

……

…

．

「呀！」

我突然醒過來，頭有一點痛，今早的劑量好像太多了。

我看看手錶，已經是下午。

剛才……好像有人入過我的房間……

還是幻覺？

然後我看著門柄，門是鎖上的，根本不會有人能夠進來。

「嘻，一定是幻覺！」

我看著發黃的牆壁傻笑。

聖比得住宿之家大廈三樓。

包租婆每天都會送飯上三樓給這一層的住客，因為住在這層的人，他們足不出戶，別說跟其他人見面，就連包租婆都很少機會見到他們。

她把食物放到門前地上，然後收走昨晚已經吃完的食物盤。

「蓉施主，有勞了。」一個光頭和尚從303號房走了出來。

「坤大師別要這樣說，你有給房租與伙食的，哈！」包租婆笑說：「你的齋菜我準備好了！」

「謝謝。」他伸出單掌向她鞠躬。

包租婆看著他的光頭滿是疤痕，很明顯在他未出家做和尚前，一定經歷過不少苦楚。

這個和尚叫詘坤，住在三樓303號房。三樓的住客都很少出門，除了上洗手間，一天二十四小時也窩在四十呎的房間內，甚至吃的也由包租婆送上。

包租婆走到308號房，看著地上的食物盤，昨晚的食物完全沒動過。

「郭醫生。」包租婆敲敲門：「你沒事嗎？」

沒有人應門。

「郭醫生。」包租婆再叫一次。

此時大門打開，一個穿著雪白醫生袍，皮膚蒼白、樣子清秀、戴著眼鏡的男人看著她。

「包租婆，我沒事，我只是不餓而已。」他微笑說。

「要吃東西，不然餓壞身子。」

包租婆想看看房間內的情況，郭醫生卻掩上了門。

「午餐放下來吧，我一會兒會吃。」他說。

「好的。」

他關上了門。

包租婆什麼也沒看到，只是嗅到房間內濃烈的醫院消毒藥水氣味。

這個男人叫郭首治，他跟包租婆說自己曾是一位醫生。他的收入絕對不可能需要住在這個四十呎的劏房，不過偏偏卻住下來了。

當然，他有準時交租，包租婆也沒有追問。

這裡的設計，每層都由01至08的房間組成，左面是101至104號房，而右面是105至108號房，走廊的盡頭就是浴室和洗手間，前端就是飯堂。二樓和三樓沒有飯堂，就是休息室和雜物房。

包租婆走回頭，繼續她的工作，她來到了305號房門前敲門。

「小小，妳要的兒童套餐，今天我做給妳吃了。有薯餅，還有甜甜的鬆餅，妳最喜歡吃甜的。」

包租婆笑說。

305號房門打開，是一個看似十一二歲的女孩，她留了一個短髮瀏海髮型，身體瘦削，而且下身一絲不掛。

「謝謝妳。」女孩說。

包租婆看著她的下身：「小小，妳怎麼沒有穿褲子的，內褲也要穿上！我說過了，這裡有男住客，妳不能……」

「男人喜歡沒穿褲子的女孩？」她目無表情地說。

「是……不是……總之不能赤裸下身，妳知道嗎？」包租婆說。

她點頭。

「如果二樓有房間，我一定會把妳調去二樓。」包租婆語重心長地說。

她點頭。

「妳多少天沒洗澡了？吃飽後來我的天台屋洗個澡！」包租婆特別關照這位小女孩。

她點頭。

這個女孩叫書小嬬，本來是讀書年齡的她沒有上學，住在305號房間，包租婆沒有收她的租金，一直讓她住在這裡。

書小嬬不太愛說話，樣子呆呆滯滯，跟正常的女孩完全不同，她在房間裡唯一的娛樂，就是看手機的短片，網速超慢也好，她有的是時間，一天二十四小時的時間。

305號房門關上。

包租婆把三樓的餐送完，回頭看著昏暗的走廊。

明明是中午，但是非常昏暗的走廊。

她奸笑了一下，然後自言自語地說。

「住在這裡的……全都是怪人……他媽的怪人。」

一個正常的社會，會有各種性格的人，從外表看我們不會知道那是一個怎樣的人，走在街上的衣冠禽獸愈來愈多，因為大家都知道……

「**要扮成『好人』才可以做更多的……『壞事』**。」

比衣冠禽獸更多的，就是不會承認自己是「仆街」的人。大家都把大愛掛在嘴邊，然後當某件事損害了自己的利益，就會刻意傷害別人，還會堆砌無限個藉口，說自己只是……

迫不得已、身不由己。

去你的迫不得已。

去你的身不由己。

那個被員工說是好老闆的人，因為公司出現財政問題，身不由己沒法出糧三個月，員工還會說他是好老闆？

那個被女友說是好男友的人，因為一次喝醉身不由己和另一個女人上床，女友會原諒他嗎？

那個被別人說是有良心又善良的人，因為身不由己殺了你媽、強暴了你姐，你會接受他的道歉嗎？

去你的身不由己。

在這個自私自利的社會，最好的生存方法，就是不去接觸同樣自私自利的人，不去接觸，就不需要為某件事而煩惱和憤怒。

那個人在地鐵碰到你的身體、那個人明明看著你衝向電梯卻按關門掣、那個巴士司機看著你追巴士卻沒有停車、那個同事用色迷迷的眼光看著妳……

當接觸的人愈多，就愈覺得有很多人，根本就不是「人」。

我們開始逃離這個世界、開始避開所有人。

或者，住在聖比得住宿之家大廈的他們，或多或少也有這樣的想法。

雖然每位住客都有不同的理由住下來，不過，他們都有一個「共通點」。

一個別人沒有的共通點。

一個只有他們擁有的……共通點。

本來，聖比得的住客如常地過著每一天，大家也不去接觸其他人，沒有衝突，也沒有交心，河水不犯井水，在聖比得，他們只不過是一群「古怪的住客」。

不過，就在那一天，所有事情都改變了。

總有人按捺不住，總有人要讓本來平靜的地方，變成……

地獄一樣。

……

：

．

那晚凌晨時份。

窮三世起來上廁所。

為了節約能源，走廊的燈光調校到最暗。還好，三世離廁所最近，他不用走那條又陰森又恐怖的走廊，他走幾步就可以來到廁所。

廁所只有一盞黃燈，他打開燈掣，心中想，會不會有人小便完沒洗手就按下燈掣？

他想到這點，打了一個冷顫。

他睡眼惺忪在尿兜小便，每次晚上上廁所，他都覺得背脊吹來一陣寒風，所以如果他可以忍下去，寧願晚上不去廁所。

可惜，今晚他忍不住了。

廁所很靜，只有他撒尿在尿兜的水聲，還有玻璃窗外的蟬叫聲。

窮三世完事後，想立即離開，不過奇怪地，他聽到了……

「滴……滴……滴……」

他聽到廁格內傳來了滴水聲，本來，有滴水聲也不算奇怪，最奇怪是廁格傳來了一陣刺鼻的氣味。

「是什麼氣味？」

好奇心的驅使下，窮三世決定走到廁格看看，三個廁格的門都虛掩著，他一個接一個推開門看。

第一個什麼也沒有，第二也沒有，第三個……

氣味就是從這裡傳出來，而且還有水滴的聲音。

那氣味是什麼味道？

三世再嗅一嗅，他想到了韓式燒烤的燒肉味。

在惡臭的洗手間傳出燒肉味，感覺更讓人反胃。

他鼓起了勇氣把門輕輕推開……

「嘩！！！」

三世被嚇到跌倒在地上，他向後爬，希望自己可以跟看到的東西保持距離！

燒肉味來自第三個廁格……

而滴水的聲音，來自血水滴在地上的聲音……

一個全裸的女人，坐在廁板之上，她的腹前流出大量血水，而她的左邊臉已經完全被燒焦，燒肉味就是來自這裡！

女人瞪大了眼睛，張開了嘴巴，火燒讓她的皮膚脫落，可以看到溶掉的皮膚黏在她的牙齒之上，死狀非常恐怖。

在地上，有一把液化氣噴火槍，很明顯，女人的臉是被這把噴火槍燒焦的。因為噴火槍的溫度不會太高，「那個人」應該是慢慢地燒毀女人的臉！

「那個人」……享受整個虐殺的過程！

除了燒焦的臉，女人全身也是刀傷，有些甚至深得見骨，血水從廁格慢慢流向三世的腳下！

三世被嚇到只能向後爬，腦袋一片空白。

「發……發生……什麼事？」

此時，107號房口吃的甲田由聽到窮三世大叫，他走進了廁所。沒錯，劏房的牆壁比紙更薄，不只是甲田由，全幢大廈都聽到他的大叫！

他看到三世看著第三個廁格，還有地上的血水，已經心知不妙。

甲田由慢慢走近了廁格看……

「這……」

他的反應不比三世少，甲田由看到那個被虐殺的赤裸女人，立即吐了出來！

同一時間，其他的住客都被聲音吸引而來。

一樓的毛叔與肥農周志農也來到了洗手間，之後是二樓的東梅仙、紫向風、程黛娜也被騷亂吸引而來。

「女的別要過來！」毛叔大叫。

毛叔與肥農也看到了那具女性屍體。

「發生了什麼事？有什麼我們不能看？」東梅仙說：「因為女生就不能看？你性別歧視嗎？」

「嘰嘰！對，為什麼不讓她們看？」肥農看著她們淫笑：「有可能就是她們做的呢？」

紫向風第一個走到廁格，她吸毒的副作用還未完全散去。

「嘻嘻，為什麼會有個女人在男廁？而且全裸的？」紫向風看著血腥的畫面還在笑。

程黛娜看到紫向風沒什麼反應，也走去看。

「呀！！！」她只看了一眼已經不敢看下去：「這……女人是誰？」

「這麼夜，你們在叫什麼？」

是包租婆的聲音，她跟308號房的郭首治醫生與305號房的書小嬉也一起到來。

「包租婆……那個……那個……」程黛娜指著第三廁格。

書小嬉沒有理會其他人，走到廁格前。

「妹妹！別要……」窮三世想叫停她。

可惜，她已經看到那個死狀恐怖的女人，奇怪的是，她完全沒有反應，臉上任何表情也沒有！

「我來看看！」

包租婆與郭醫生一起走了過去。

「什麼？！」包租婆大叫：「她是……她是……302號房的美桃！陳美桃！」

「讓我來看看。」郭醫生說。

他走入廁格，用手量量陳美桃的心跳，然後拿出一支筆輕按在她燒毀的臉：「已經死去了，不過臉頰的皮膚還有一點彈性，應該死了不久。」

全場人靜了下來。

「報……報警吧！我們……報警！」甲田由大叫。

在場另外九個人一起看著他。

聽到「報警」兩個字，他們的眼神……

比看到那具女屍更詭異。

「你……你真的認為報警是最好的方法？」陰陽怪氣的東梅仙說。

「這……」甲田由的汗水流下，他托托眼鏡：「我……我不知道！」

東梅仙這句說話，好像在測試著在場的人，看看他們的反應。

「大家認為要報警的……」漂亮的程黛娜說：「請舉手。」

在場的人互相對望，然後……

沒有一個人舉手。

為什麼他們不想報警？

因為他們都有一個……「共通點」。

在場的大家也好像心中有數似的，沒有人再想說報警這個話題。

「是誰殺了這個叫陳美桃的女人？」紫向風提出了一個非常重要的問題。

「可以把她殺死，又夠力搬到男廁的，一定是男人所為！」東梅仙說。

「包括妳嗎？不男不女的。」毛叔說。

「你說什麼？」東梅仙生氣地說。

「等等，又或者，是有人引她來到一樓男廁，然後再下手。」窮三世說：「那就不用搬了。」

「怎可能？我連她是誰也不知道！」東梅仙說。

死去的陳美桃住在302號房，大家也從來沒見過她，只有包租婆認得是她本人。

「第一個發現的人也很可疑。」程黛娜說。

「妳說什麼？」三世反駁：「那不如說看到這麼恐怖的死屍，也沒反應的人更可疑吧！」

窮三世所說的，就是只有十一二歲的書小嬌，還有吸毒而半迷半清醒的紫向風。

「還有這位帥哥是誰？夜深人靜還要穿上醫生袍。」東梅仙向郭首治單單眼，笑裡含春：「是不是在玩Cosplay？」

「那個一直看著我胸部的男人也很怪！嘻嘻！」紫向風指著肥農笑說。

「我嗎？嘰嘰，我比較喜歡平胸的！」肥農牛頭不對馬嘴。

在聖比得住宿之家大廈，從來也沒有這麼多人一起聚集過，而且有些人也是第一次見面，大家都有同一個感覺……

這些人很古怪！

「夠了！他媽的夠了！你們全部人都給我收聲！」
大家的視線落到吼叫的包租婆身上。
「現在最重要的問題是……」包租婆遠遠看著那具女屍：「不能讓美桃的屍體一直放在這裡！」
「我們……我們要……怎樣做？」甲田由問。
她的意思很簡單，就是……我們要一起把屍體搬走！
一、起、棄、屍！
在場的人沒有說話，一直看著那個放著死屍的廁格。
誰是殺死這個女人的兇手？是在場的住客？還是沒有在場的人？是某人殺人後把屍體搬過來？
抑或一樓男廁就是兇案現場？
還有一個最重要的問題……他們為什麼不報警？
一說到報警，在場沒有任何一個人舉手！
只因，他們都有一個共通點，都有一個讓他們不想報警的原因。
一個不能報警原因。
在這裡劏房居住的住客，全部都是……

通緝犯。

他們都因為不同的原因被通緝，商業詐騙、偽造文件、吸毒、販毒、販賣人口、醫療事故、縱火、綁架、搶劫、虐待兒童、虐待動物、性侵、強姦、嚴重傷人、殺人等等不同的原因，讓他們不能報警。

「如果沒有人想報警的話……如果你們想一直住下去的話……」包租婆沒有說下去。

「包租婆，明白了。」郭首治打破了沉默，看看在場的人：「我們動手吧。」

他說動手的意思，就是在只有聖比得住宿之家的住客知情的情況之下……

一起埋了這具女屍！

沒有人會拒絕這個決定。

在場的完全沒有。

聖比得住宿之家大廈的故事……

一群罪犯的故事……

就由這個死去的女人……正式開始。

聖比得住宿之家大廈

ROOFTOP

02 天台屋
???

01 天台屋
包租婆/
蓉芬依
56歲

3 / F

304 號房
???

303 號房
訕坤
52歲

302 號房
陳美桃
30歲

301 號房
???

2 / F
（女子）

204 號房
紫向風/
風風
21歲

203 號房
???

202 號房
東梅仙
38歲

201 號房
趙九妹/
狗婆
76歲

1 / F
（男子）

104 號房
毛大岡/
毛叔
65歲

103 號房
???

102 號房
王烈杉/
彬仔
32歲

101 號房
???

03 天台屋
???

308 號房
郭首治
35歲

307 號房
???

306 號房
???

305 號房
書小媱/
小小
11歲

208 號房
程黛娜
26歲

207 號房
???

206 號房
???

205 號房
何法子
40歲

108 號房
窮三世/
三世
25歲

107 號房
甲田由/
漏口仔
24歲

106 號房
???

105 號房
周志農/
肥農
45歲

CHAPTER 02

有故事的人 STORY

SK Pilovy Kotuc

HU Vágokorong

RO Disc de taiat

BG Режеш Диск

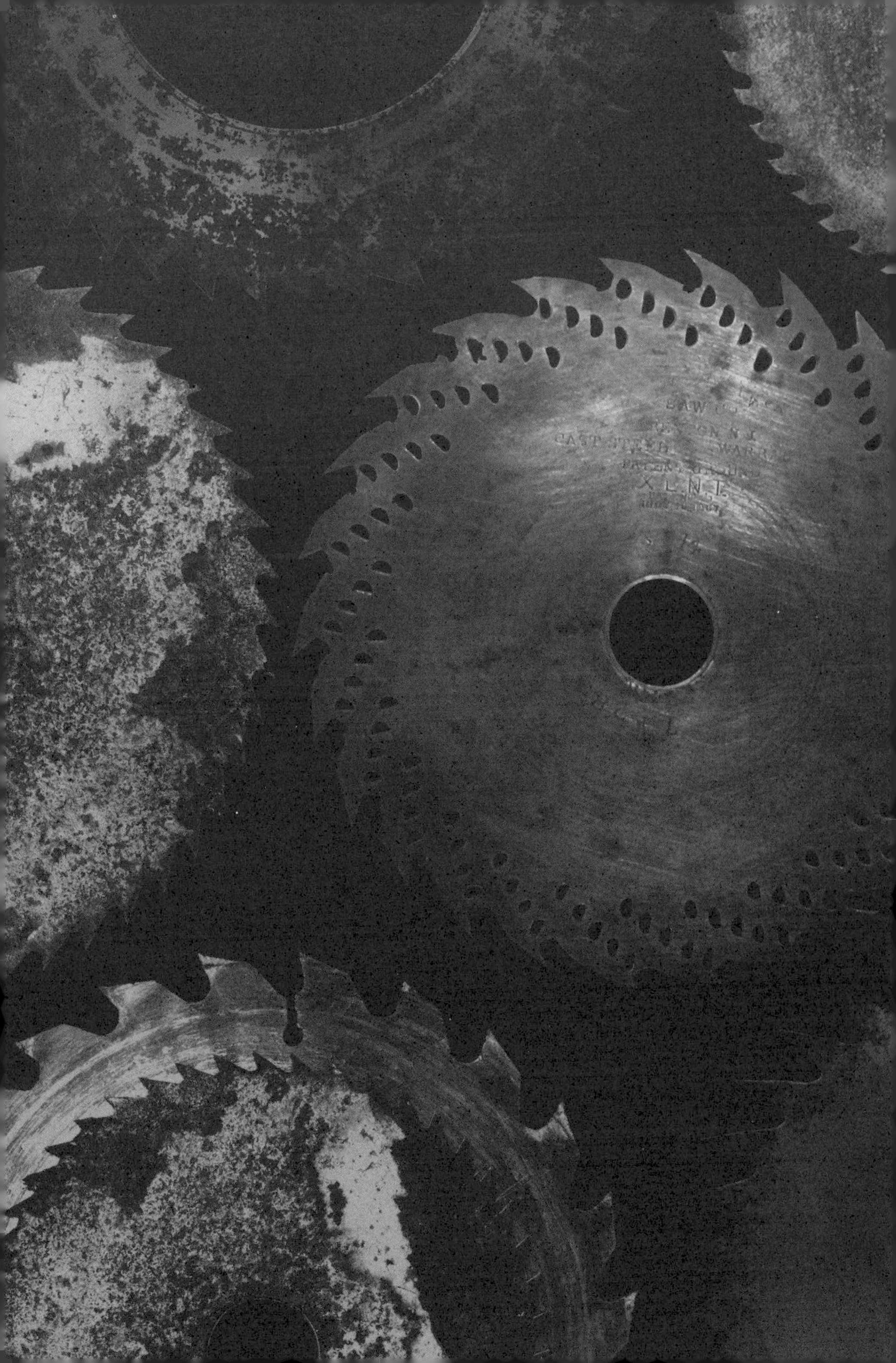
X.L.N.T.

CHAPTER 02

有故事的人

STORY 01

SK Pilovy Kotuc
HU Vagokorong
RO Disc de taiat
BG Режеш Диск

一星期後，晚上。

我在回到聖比得住宿之家大廈的小路上。

「窮，你回到家了嗎？」AirPods 傳來了我好友振柳強的聲音。

家？我一點也不覺得這裡是我的家。

「我要走十五分鐘才可以回去。」我說：「差不多了，那裡電話訊號不好，掛線了。」

「好，希望你見工成功。」他說。

什麼見工成功？只是在山腳的村內士多做打雜，不需要什麼工作證明，成功不成功我不稀罕，只是……我還要交租，沒辦法不工作而已。

我走到了聖比得住宿之家前的空地，「她」……就是被埋在這裡。

回憶起一星期前那晚發生的事，我還是覺得毛骨悚然，一群人合作把被燒爛臉的女屍埋起來，而且又不是我殺死她的，回想起來也覺得很荒謬。

荒謬絕倫！

是其他住客殺死她？

兇手還是當晚在場的住客？

有一點我可以非常肯定，兇手一定在我們之中！一定是其中一個劏房住客！因為大半夜根本不會有人來這鳥也不生蛋的鬼地方！

那個住在302號房叫陳美桃的女人，這樣死去已經夠恐怖，更讓人心寒的是，第二天，大家……

當沒事發生過，又像如常一樣地生活。

當中包括我。

報警嗎？才不會，如果警察到來一定會查身份證，如果知道我是通緝犯，就大事不妙了。我在警務處網頁看過懸紅通緝人士公告，我記得我的懸賞有四十萬，媽的，四十萬我銀行戶口從來也沒有這個數字！

奇怪地，那晚，不只我一個人不想報警，其他人也……難道……

我打開了大門的鎖，走過了飯堂，回到我只有四十呎的108號房。

「今晚還是不洗澡好了。」我自言自語。

浴室和洗手間都在同一個地方，我不想夜晚再去廁所，如果又被我看到……

「啪！啪！啪！」

突然傳來敲門的聲音，把我嚇了一跳。

「誰？！」我問。

「107號……房的……甲田由！」他說。

那個漏口仔？

「有什麼事？」我沒有立即開門。

「其實……我聽到你剛……回來……所以想問一問你……要不要去……去廁所？」他帶點尷尬地說。

原來如此，他也怕一個人上廁所。

我打開了房門看著他，他托一托眼鏡。

「我也想洗澡，我們一起去吧，但你要等我洗完才可以離開。」我說。

「當然……沒……沒問題！」他給我一個讚的手勢。
去你的，女生才會約一起去廁所吧？沒想到我們也要這樣做。
我放下東西，準備好洗澡的用品，然後一起走到浴室。
洗手間地上的血跡已經被包租婆清理好，不過，那時的畫面還是在我的腦海中揮之不去。
那個叫甲田由的去完廁所後，坐在浴室外抽煙等我。
「你叫……窮三世，對吧？」他說。
「對。」我在洗頭。
「沒想到……來了這麼久，是在這情況下……跟……跟你聊天……」他說。
其實你可以不說話的，我心想。
「對，真沒想到。」我敷衍地回答。
他沒有說下去。
突然他問了一個奇怪的問題。
「你覺得……還有人……會死嗎？」

CHAPTER 02

有故事的人

STORY 02

SK Pilovy Kotuc
HU Vagokorong
RO Disc de taiat
BG Режеш Диск

他突如其來的說話嚇到我。

「怎麼你會這樣說？」我問。

「因為這裡的人……好像……好像死了也沒有人關心，而且……只有住在這裡的人……才可以……殺死這裡的人。」甲田由說。

他的想法跟我一樣。

我關上了花灑，浴室變得很靜。

「你有想過誰是兇手？」我問。

「我……不知道，我不是全部住……住客……也見過。」他說：「不過……我覺得可以……調查一下。」

「調查？要怎樣調查？」

「首先……我想知道……大家都不選擇報……報警，反而是一起埋屍……的原因。」他說：「我想知道……所有住客……是甚麼人。」

我沒有回答他，再次開水沖身。

他想怎樣了？跟我說這樣幹嘛？他是不是想我跟他一起調查？但為什麼我們要調查？其實死了的女人我也不認識，也沒見過面，我根本沒原因要調查。

「好奇心。」

此時，甲田由走到我的浴格前說出這三個字，他好像知道我在想什麼。

好……好奇心？

的確，這星期我一直也想著整件事，一直也沒法忘記那個女人死狀恐怖的畫面。

「你不想知道……原因嗎？兇手還……還會再行兇？如果……下一個到你呢？」他帶點激動地說。

「等等。」我赤裸著身體轉身：「你這麼在意，如果你是兇手呢？」

「我……不會吧，哈哈。」甲田由笑說：「如果……我是兇手……我已經在你背……背後，一刀捅死你了。」

真的，我沒想過他會這樣做，看著他的外表，根本看不出他會是殺人兇手。

不過……人類的心，從外表是看不出來的。

「這樣吧……一會……你來我的……房間……我給你……看些東西！」甲田由說。

會不會有危險呢？

不過，我看他瘦弱的身形，怎樣也打不赢早有戒心的我。

「好。」我簡單回答。

就看看你有什麼給我看！

……

：

・

洗澡過後，我們從浴室走回凿房，我從來也沒去過其他住客的房間，這是第一次。

我們走過我的108號房間，來到107號房。

「無論你看到……什麼……請別要……大叫出來……知道嗎？」他輕聲跟我說。

我會看到什麼？

我點頭。

他打開劏房門，有一張細紙條掉了下來，很明顯是用這方法知道有沒有進入過他的房間。

房間內有什麼？為什麼要這麼小心？

會不會放著……發臭的屍體？

房門打開，我差點叫了出來！

「你……怎可能……」我瞪大了眼睛。

「你真的以為……住劏房的人……都……都跟你一樣嗎？」他說。

他話中有骨。

什麼「跟我一樣」？

沒錯，也許他所說的是我的姓氏……

「窮」。

四十呎的房間，放滿了不同的電腦儀器，連用來睡覺的床上也放著不同的電子器材，還有包圍睡床的鐵籠上也放滿電腦，我想他睡覺也不能躺平睡。

他快速關上了門。

「請坐。」甲田由指著一台電腦主機，他叫我坐到主機上面。

「為什麼有這麼多電腦？」我問：「這裡訊號又不好，上網也很慢……」

他指著牆上高高掛著的東西：「**AX1 Router**，美國太空總署都是用它的，接收能力比正常路由器強二百倍。」

然後他滔滔不絕地介紹他房間內的電腦，最有趣是一說到電腦器材，他的口吃變回正常了。

「甲田由，等等！」我阻止了他繼續說下去：「為什麼你會有這麼多價值不菲的電腦，卻要住在劏房？」

「也許跟你的理由一樣吧。」他對著我奸笑。

他知道了什麼？

「那天，因為當時我太緊張說要報警，你記得大家的反應嗎？然後我才想起，我也不能報警！」

甲田由坐到床上說。

「你是……」

「我想住在這裡的人全部都不能報警，因為全部都是……」他自信地說：「通緝犯！」

我瞪大了眼睛。

「你是通緝犯？」我反問。

「首先，其實我跟你說我的事，是因為想你相信我，然後跟我合作調查，你明白嗎？」他說。

我點點頭。

「我是一個商業詐騙犯。」他自信地說。

「商業詐騙犯？」

「我用比特幣、以太幣來做詐騙工具，很複雜的，詳細就不跟你說了。」甲田由在電腦螢光幕上給我看一些資料。

「這是？」

「戶口的數目，我現在戶口有一億美金被凍結。」甲田由說。

「什麼？一……一億……美金？！」

「怎麼到你口吃了？」他說：「我住在這裡的原因，就是因為不想被找到，我在想方法要怎樣把錢拿回來。本來想平平靜靜過日子，卻被上星期的事破壞了。」

我都說住在劏房的人都是怪人，我沒想到他會是這一種「怪」！

我記得有一次玩《英雄聯盟》認識了一個網友，後來才知道，他是FBI！現在我的驚訝比那時更甚。

「我就把我的事和盤托出，你呢？你也是通緝犯？」甲田由問。

「不……」我在想著要怎樣回答：「對，我也是。」

「你為什麼被通緝？」

「因為……因為偷運國寶。」我隨口說。

「偷運什麼？不會是周星馳的恐龍骨吧？」

「文物！」我說：「很難解釋給你聽，就好像你說什麼Router一樣，也不想解釋吧。」

「是嗎？」他有點懷疑。

「你不相信我就走了。」我站了起來準備離開。

他立即捉住我的手臂：「不，我相信，現在我們已經把自己的事告訴了對方，都算是這裡的朋友，我們就合作調查吧。」

我想了一想說：「要怎樣調查？」

「我想從整棟劏房大廈的源頭開始。」甲田由說：「這樣就會知道住在這裡的人究竟是怎樣的人。」

「源頭又是什麼？」我問。

「包租婆！」

「包租婆？」

「對，你想想，她不是隨隨便便找人入住劏房的，她是有心找那些被通緝而又無家可歸的人入住，所以我們就去調查一下她！」

甲田由的雙眼有火。

他何來的投入？真的是沒事找事做。

「如何？」他問。

反正村士多那邊還在等通知上班，就跟他玩玩吧。

「好！」

這兩天，我跟田由都窩在我的劏房，我們首先把曾經見過的住客都記下來。

「三樓……三樓還有一個和尚。」甲田由指著三樓的地圖。

「和尚？怎樣我沒見過的？」我問。

「那個包租婆叫她小小……的妹妹，我也是第……第一次見吧。」他說：「連天台……天台加建的房間，還有十二間……房間還不知道是誰在住。」

「一起生活在同一個空間，也不知道是誰。」我說。

不要說這裡的劏房，就算正常的大廈，我們也不知道上下層究竟是誰在住，除了在升降機碰到以外，可能一世也不會知道是誰。

「別說……三樓了，我隔壁的106號房……我也不知道是……是誰在住。」田由說：「有時晚上……我……我……我會聽到哭泣的聲音。」

「這麼恐怖？」

「對！」

看來，我見過的住客不是最古怪，比他們更古怪的大有人在！

「我發現你只要在自己的房間才不會口吃。」我笑說。

「是……是嗎？我自己……也沒注意，哈！」

我已經來了一個多月，終於認識到第一位朋友，這個叫甲田由的，名字跟我一樣古怪，不過看來的確是可以交心的朋友。

「窮，我們……出發吧！」他說。

我點頭。

我們要去哪裡？

就是要去找包租婆問清楚住客的事。

我們離開了劏房，然後走上大廈的天台。

沿途也沒遇上其他住客，也許中午不是午睡，就是出去了，就像我的生活。我們來到了三樓，

突然有人從房間走了出來。

有個人從305號房，那個叫書小婼的女孩房間走出來。

「香蕉變出香蕉船~船上面有一排歡笑面~多可愛~多康健~齊齊共唱歌謠聽得見~」

一把老牛聲唱出兒歌，總是讓人心寒，他是……105號房的肥農！

「嘰嘰！午安兩位！」他高興地說。

「午……午安。」甲田由說完就走。

「為什麼他會在那個女孩的房間走出來？」我在甲田由的耳邊問。

「鬼……知道！」他說：「先不要管……別人的事，我們的目……目的是包租婆。」

我一面走一面回頭看著305號房，也許，不只是我跟甲田由，可能其他住客一直有交流也不定。

我們很快來到了天台，打開了天台的鐵門，陽光刺入眼睛。

整棟大廈都陰森恐怖的，白天也死氣沉沉，唯獨天台讓人有一種舒暢的感覺。天台有三間加建的天台屋，其中一間就是包租婆住的。

在天台種滿了不同的植物，深呼吸也特別舒服，所以我經常上天台，看著藍藍的天空，讓自己暫時忘記住在一個只有四十呎的單位。

甲田由敲門：「包……包租婆，是我啊！甲仔！」

很快，她已經打開了大門：「啊？是三世跟甲仔嗎？你們找我有事？」

「對！」我說：「我想知道在這裡住客的事！」

她用一個奇怪的眼神看著我。

「我們已經做了一個表，寫上了已知的住客名字，我想知道還沒寫下來的人是誰。」我一口氣說：「還有，為什麼妳會讓『像我們這樣』的人入住？」

我說出「像我們這樣」五個字，也許她已經知道我們想知道甚麼。

「你兩個真多事！住客的資料是保密的！」

包租婆又想罵我們。

「不過，為什麼會讓你們入住，我就可以跟你說。」她收起了惡死的表情然後微笑：「你兩個進來吧！」

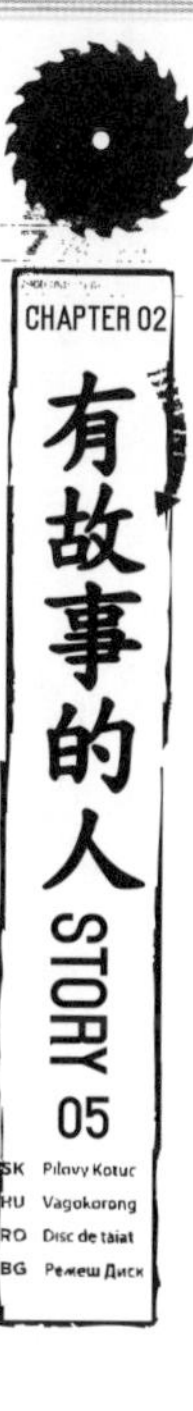

我們進入包租婆的加建屋，沒想到屋內都很簡陋，沒有甚麼裝修，地上只鋪了榻榻米。

她遞茶給我們喝，然後開始說。

「上星期發生的事，也許不是每個人能夠接受，不過，最後你們選擇不報警，我覺得是正確的選擇。」她喝了一口茶。

「我不如直接問吧，為什麼妳會讓……」我問：「通緝犯入住？」

「因為你們需要一個沒有人找到的地方，一個安身之所。」包租婆說：「跟我的兒子一樣。」

「妳的……兒子？」田由問。

她開始說出自己的故事。

二十三年前。

包租婆的兒子因為殺人而被警方通緝，他無家可歸，所謂的朋友都出賣他，不想收留一個姦殺犯。

包租婆當年住的大廈已經有警察守衛著，兒子根本不能回家，政府和慈善機構也不會收容她的兒子，他只能淪落街頭。

「我記得，那天下著大雨，有警察上門來到我家，他們說智仔在西貢郊野公園某樹上吊頸自殺死去。」包租婆流下眼淚：「當時，他才十九歲。」

甲田由把紙巾遞給包租婆。

「因為殺人而自殺嗎？」我說。

「智仔不會殺人！」包租婆表情憤怒：「他是被冤枉的！他是無辜的！不會是他！」

我被她的反應嚇了一跳。

之後，包租婆決定要幫助那些被通緝的犯人，用盡自己畢生的積蓄，買下了聖比得小學的校舍，改建成現在的劏房，希望逃犯都可以有一個安身之所。

原來，她有一段喪子的經歷。

每個人都曾有慘痛的經歷，沒有任何一個人一生都是順順利利地度過，有的，就只有電影的情節。

人間多悲劇？不，應該是說，只要有人的地方，就會有悲劇。

「但包租婆妳……妳是怎樣找到……通緝犯入住的？」甲田由問。

「你們忘記了是怎樣來住的嗎？」她反問。

她這樣一說，我腦海中出現了一個多月前的畫面，當時……我正暫住在好友振柳強的家，不過，他的家人將會旅行回來，我不能在他那裡長住，然後……

我收到了租屋公司的訊息！

「為什麼妳會知道我需要租屋？」我問。

「原來如此……」甲田由已經想到了：「我們曾在手……手機……搜尋過租屋網之類……之類的東西，然後租屋……的資料就會不斷……出現！」

「就是這樣。」包租婆說。

首先，她從某處得到全港通緝犯的名單，而且知道我們的詳細資料，我想她會選擇一些沒有家人又或是走頭無路的人成為她的住客！

「你們記不記得入住時，我曾問過你們一個問題嗎？」包租婆說。

「是……」我在回想著：「妳問我會不會長住？」

「不是這個。」包租婆笑說：「我問你們會不會有親人來找你，只要你們回答我不會，我就知道你們需要住在這裡。」

「如果我們說會有人探我們呢？」我問。

「我會說劏房已滿。」

原來是這樣！

所以，在這裡的住客都是無親無故，而且是走頭無路的通緝犯！

等等，包租婆不會懂得這些網路大數據的知識，在她背後……

一定有人在幫助她！

「十多年前，曾經也發生過類似上星期發生的事。」包租婆說。

「你意思……是有人被殺？」田由問。

她輕輕點頭：「當時很多住客都搬走了，現在沒有一位住客是當時的住客，但這一次一個住客也沒說要走。」

我當然明白為什麼不走！因為我也是同樣的原因！

十多年前的租金還沒有現在的高，現在打工有一半糧是用來交租的，當年的薪金勉強還可以再租其他地方，但現在根本不可能！

工資沒有漲多少，生活與物價卻翻了幾倍，我們根本就是生活在一個愈來愈貧富懸殊的社會！

「剛才跟你兩個所說的，如果你們不想被迫搬走，別要告訴其他人，知道嗎？」包租婆眼神銳利，表情變得邪惡。

「知……知道！」甲田由說。

我點點頭。

「乖！」她又露出慈祥的笑容：「好吧，我要午睡了，你兩個自己去玩，別阻我！」

還當我們是小孩嗎？自己去玩？

離開包租婆的房間後，我們走到天台的石壘看著四周的環境，這裡可以看到的，就只有樹，什麼也沒有。

「沒想到……包租婆會有一個自殺的……兒子。」甲田由抽了一口煙：「怎樣看……包租婆也是個……好人，幫助……幫助我們這些通緝犯。」

他真的這樣認為嗎？

什麼是好人？幫助自己的就是好人？

真的是這樣？

……

…

．

窮三世與甲田由離開後，包租婆打出一個電話。

「是？」一把男人聲說。

包租婆把他們兩人來過的事告訴了電話中的人。

「我也猜到了，我太清楚他們。」男人奸笑。

「之後呢？要怎樣做？」

然後，男人告訴了她。

這個男人是什麼人？為什麼他會清楚他們兩個人？一切的原因……

意、想、不、到。

這所聖比得住宿之家大廈，究竟埋藏著什麼不為人知的秘密？

故事繼續上演。

……

‥

．

我跟甲田由從天台走樓梯回去，在二樓的樓梯間遇上了她，208號房的程黛娜。

「這個女的好像叫程黛娜……蠻……漂亮……」田由在我耳邊說。

「嗯。」我簡單地回答。

本來，就算我跟其他住客碰面，也不會打招呼，多數都是直行直過，不過這次……

「妳好。」就在她經過我們身邊時，我跟她打招呼。

她用一個奇怪的目光看了我一眼，然後不發一言離開。

「我叫窮三世，他是甲田由，我們住在一樓。」我隨口說些什麼希望她可以停步：「程小姐，妳住在208號房，就在我上方，我是住在108號房！」

她停下腳步煞有介事地說：「你怎知道的？你調查過我？」

「不是！我們只是做了一個住客表，不過這不是我叫住妳的原因。」我笑說：「其實，我想妳幫我做一件事。」

「做什麼事？我為什麼要幫你？」程黛娜態度還是很冷漠。

「不，我說錯了，不是幫我，而是……幫她。」我指著三樓：「我想妳幫我問問那個……女孩！」

老實說，我絕對不是一個會關心別人的人，不過，很奇怪，我卻很在意，看到剛才那個肥農從305號房走出來。

因為我跟田由都是男生，不太方便去問那個妹妹，所以想程黛娜幫手。

我說出我要她做的事後，她考慮了一會，答應跟我們一起到305號房。

「窮，你真的關心……那個妹妹？還是……還是只想跟這個美女搭訕？」甲田由在我耳邊問。

我沒有回答他，其實……我也不知道。

發生了死亡事件後，我心中產生了一種「大家住在同一屋簷下，應該要互相幫助」的想法。

我們來到了305號房，程黛娜敲門。

「我是208號房的程黛娜，方便開一開門嗎？」她說。

不久，那個叫書小嬬的女孩打開了門。

她……她只穿著內褲，我跟田由立即轉頭迴避。

「我可以進來嗎？」程黛娜溫柔地微笑，完全不像剛才那個冷漠的她。

書小嬬點點頭。

「你們先在外面等我。」程黛娜看著我們說。

我給她一個OK的手勢。

大約過了一分鐘，門再次打開。

「進來吧。」程黛娜問。

那個書小嬬已經穿回了衫褲。

四十呎房間內……什麼也沒有，就只有一些個人衣物用品，還有跟我房間一樣滴水的天花板，其他的，跟剛入住時完全沒有分別。

「我已經跟她說了你們會問她幾個問題。」程黛娜跟我輕聲說。

「謝謝妳！」我微笑回答。

田由也點頭道謝。

「你好，我叫窮三世，妳可以叫我窮，我不會介意的，雖然我真的很窮，哈哈哈！」

我像白痴一樣說了個冷笑話卻沒有人笑。

「好吧，妳叫書小嫣對吧？妳今年幾多歲？」我問。

「十一。」她沒有表情地說。

「原來是十一歲。」我擠出了笑容：「其實呢，我剛才看到那個肥農從妳的房間走出來，他沒對妳做什麼嗎？」

她看著我沒有說話。

「哥哥是想問妳，那個肥叔叔有沒有摸妳？有沒有對妳做一些猥瑣的行為？」程黛娜比我更直接地問。

書小嫣搖頭。

「那他為什麼走入你的房間？」我問。

「他給我公仔。」書小嫣指著書桌上的一隻髒兔公仔。

「就只是這樣？」我問。

她點頭。

WARNING
THE ROOMS HERE ARE ALL IN DANGER!

「這樣吧。」我微笑說：「如果發生什麼事，比如那個叔叔對妳有不軌的企圖，你就立即打電話給我們，妳有沒有手機？」

她點頭。

然後，我們交換了手機號碼。

程黛娜跟那個女孩繼續聊天，不過，女孩不是太喜歡說話，我走到書桌上拿起那隻污糟兔公仔……

「媽的……」我手上黏著一些白色黏黏的液體。

「會不會是……」甲田由看著我。

我立即用紙巾抹手！

我看著那個沒有表情的女孩……

那個肥佬真的是什麼也沒做嗎？

離開305號房之後，我們回到走廊，看著走廊的盡頭，非常昏暗，三樓比一樓更昏暗。

「那個叫……周志農的肥佬……真的很古怪……」甲田由說。

「如果要說古怪……」程黛娜看著走廊的盡頭：「住308號房的那個人……更古怪。」

308號房？

不就是程黛娜的上層？

我是108、她是208，她說的怪人是308號房。

「有什麼古怪？」我問。

「晚上。」程黛娜看著走廊的天花板：「我會聽到鐵鎚掭地板的聲音。」

鐵……鐵鎚？

住在308號房的男人，應該是那個姓郭的醫生……

郭首治。

CHAPTER 03

怪物 MONSTER

mm
30

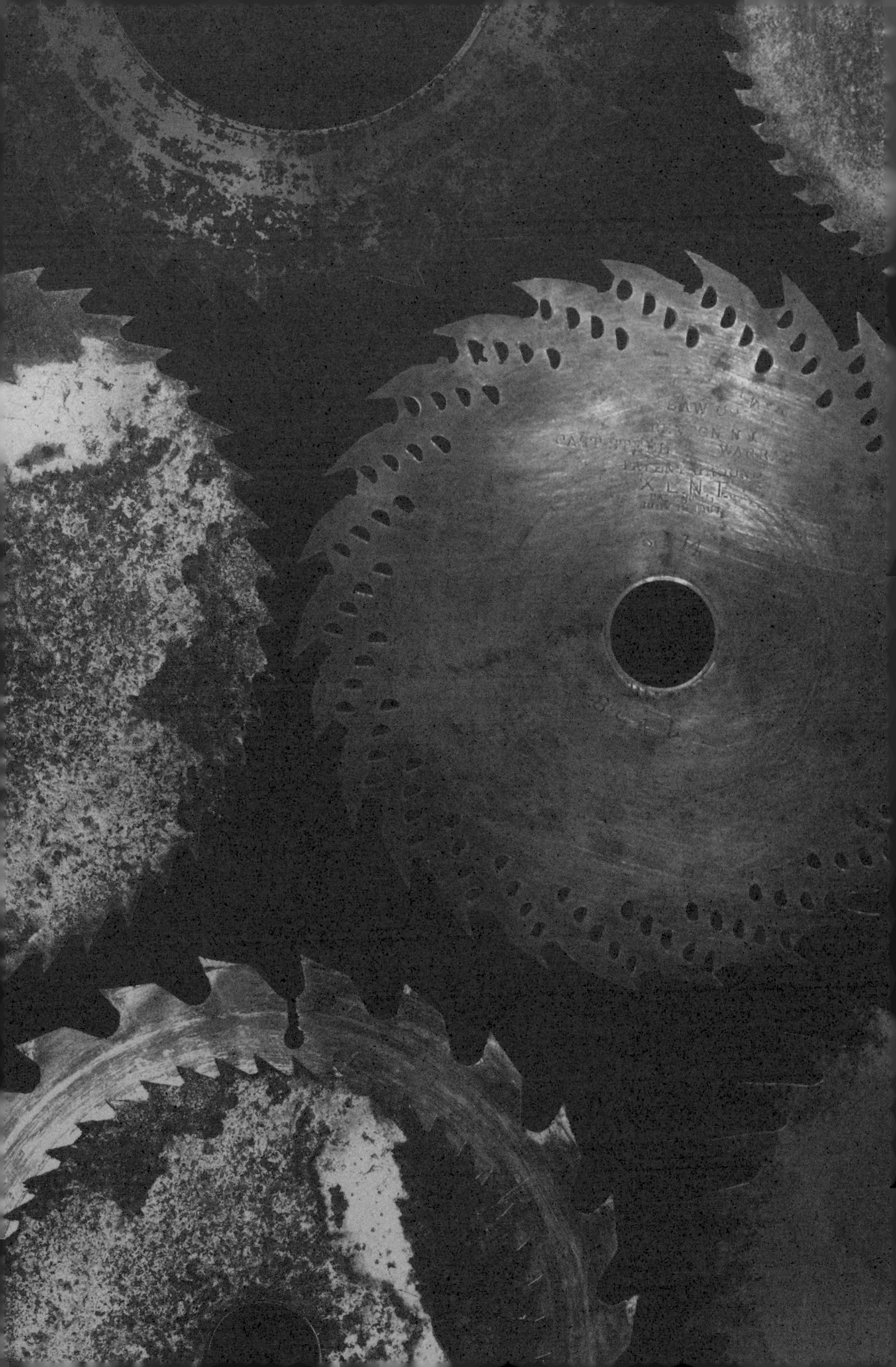
X.L.N.T.

CHAPTER 03

怪物 MONSTER 01

晚上。

「搽！搽！搽！」

208號房。

程黛娜看著天花板。

「搽！搽！搽！」

天花板的灰也掉下來，今晚的聲音更大，就好像一鎚一鎚搽在程黛娜的頭上一樣。

她沒法入睡，不能入睡的原因，不是那些鐵鎚的聲音，而是她一直在想著……

「他在搽什麼？」

腦海中不斷出現不同的畫面……是在搽釘？還是在搽其他東西？為什麼會凌晨才搽？他不需要睡覺的嗎？還是根本就沒有聲音，只是她自己的幻聽？

程黛娜的腦海中不斷出現不同的問題，讓她完全不能睡覺。

她在床上坐了起來，在枕頭邊拿起一把軍刀。

「如果他再吵，我就……」她目露兇光地看著手上的刀。

睡覺時，你有試過被樓上的電鑽聲、喧嘩聲吵到睡不著嗎？有沒有想過把那個發出噪音的人殺死？

就在此時，鐵鎚聲停止。

程黛娜看著天花板傻笑：「嘻嘻，你是聽到我說話嗎？嘻嘻……」

她用刀在自己的手臂輕輕割了一刀，她滿足到如高潮來了一樣。獨處時候的她，跟中午見到窮三世的她完全不同，就像變成了另一個人。

不過……誰不是這樣？

獨處時候的「你」，不也是跟面對別人的「你」完全不同嗎？

每個人都有不為人知的黑暗面。

畫面快速移向上方，308號房。

郭首治的醫生袍已經染滿血水，他放下了某樣東西，坐在地上休息，很明顯，剛才他用了很多力氣去揮動物件。

他的臉非常蒼白，不過卻有一份病態美，他用手背抹去臉上的血跡，然後站了起來。

床上的鐵籠已經被他拆除，他的睡床變成一張手術床，在床上躺著他的「實驗品」……

一頭已經被他解剖的野狗，野狗的眼睛還是瞪得很大，嘴巴張開露出了鋒利的牙齒。

他從野狗的胃部取出一些胃液，放入一支試管之中，他用修長的手指彈彈試管，讓液體與血液融合。

郭首治究竟在做什麼？

他看著地上的東西，那個敲打地板的東西，不是程黛娜所說的鐵鎚，而是一個已經碎開的狗頭骨！

他不是在敲打什麼，而是想知道一隻狗的頭骨，可以承受多大的敲擊力！

「那些喪屍片都是騙人的，頭骨不可能一打就碎，要用很大的力才可以弄碎，嘿嘿。」他滿足地笑說。

郭首治一直在四十呎的剖房內做著不同的「實驗」，自己最愛的「實驗」。

他做醫生的原因，都是因為喜歡拿病人來做實驗，用死人的屍體，甚至用病人的生命來做實驗！

最後因為醫療事故被發現，成了潛逃的通緝犯。

這個醫生是變態的男人？

不，如果要這樣說，世界上全部男人都是變態，有誰沒試過在小時候踩死又或是肢解昆蟲？

而且還會感覺到從心而發的快樂？

只不過，他不再用昆蟲來做實驗品，他用上了不同的「生物」。

「找個人來測試頭骨的硬度好像更好，嘿嘿。」郭首治露出一個猙獰的眼神。

從第一宗死亡事件開始，本來尚算和平的聖比得住宿之家大廈，慢慢地出現了變化……

一個一個「怪物」，開始逐漸甦醒了。

凌晨五時，因為是冬天的關係，天還沒亮。

郭首治隔壁的307號房的房門打開。

「沒有人。」他說。

「好！」他說。

兩個人從307號房間偷偷走出來。

一個只有四十呎的劏房住了兩個人？

沒錯，他們可以，因為他們只是兩個……八歲的孖生男孩。

張基與張德。

他們都會在沒有人時出沒，鬼鬼祟祟在聖比得住宿之家大廈四處走，除了包租婆，暫時還沒有其他住客知道他們的存在。

他們在走廊跑，來到了304號房外停下了腳步。

弟弟張德看著304號房。

「都打不開門，算了吧！我們去玩！」哥哥張基說。

弟弟點頭，然後一起跑向樓梯。

已經有一年時間，一直以來也沒有人見過這兩兄弟，包租婆會把食物放到他們的房間門前，而且他們也不常洗澡，去廁所都是用房間的尿盤。

他們最喜歡走出房間的時間，就是這段清晨四五時的時間，因為不會有太多人在大廈出入。

一對孖生男孩走出了聖比得住宿之家大廈，來到了附近的溪間，這是他們最快樂的時間，因為在溪間附近，都生活著不同的……「小動物」。

「哥！看！我捉到一隻青蛙！」張德單手舉起那隻青蛙。

張基看著他手上的青蛙：「這不是青蛙，只是一隻田雞！哈哈！」

「田雞嗎？」張德表情失望：「田雞我捉過了。」

然後，他隨手折斷了田雞的腳，田雞在痛苦叫著。他再用長長的手指甲用力刺穿田雞的肚皮，把牠的內臟通通取出，然後，他把內臟像泥膠一樣在手上玩弄，非常噁心。

他的意思不是說「捉過田雞」，他的意思是……

「我已經殺過了」。

「德，你看！」

張基捉到了一條水蛇，他完全不怕牠有沒有毒，他用力捉住水蛇的頭！

「蛇呀！」張德立即走向哥哥。

張基拿出一個火機，在蛇身上點火！水蛇立即把身體捲曲起來！

「嘩！牠在捲！很好玩！」張基大叫。

「我又玩！我又玩！」張德高興地大叫。

水蛇不斷被火燒，痛苦地掙扎！

如果要說可怕，或者，學會了道德觀念的成年人不可怕，那些沒有道德觀念的小孩更可怕！

他們不知道自己在虐待動物，他們只覺得很好玩……很好玩。

此時，遠處傳來了狗吠的聲音，他們兩個男孩把已經燒死了的水蛇掉走，走向狗吠的方向。

「德！你看……」

他們躲在草叢之內，看著一個婆婆在餵著幾隻狗，那個婆婆就是住在201號房的狗婆。

因為兩兄弟都不想被人發現，他們沒有走出去，只是躲在草叢中看著。

「乖……乖……吃多一點，吃多一點。」狗婆慈祥地說。

幾隻狗吃得很高興，狗婆也笑得很開心。

一個人來到了某個年紀，已經無慾無求，性格也會隨之變得隨和。或者，因為年紀大，死期也將近了，已經沒什麼好怕。

突然！

其中一隻野狗吐出了白泡……

「小福！你怎樣了？小福！」狗婆緊張地說。

牠開始在地上抽搐，完全沒法控制自己！

兩個男孩看著狗婆，半邊臉扭曲變形的狗婆還有微笑，他們再看看在她手上的食物，其中一個盒子上寫著……

老鼠藥。

⋯⋯

⋯

．

308號房。

郭首治已經完成了他的實驗分析，在那隻被開膛的狗胃部裡，發現了氟乙酰胺與氟乙酸鈉。

很明顯，那頭狗是被毒死的。

「嘿嘿，下毒的那個人真殘忍呢。」郭首治看著那頭血淋淋的狗屍體：「放心，我一定會找出下毒的人，然後替你⋯⋯報仇！」

102號房。

是那個套著超級市場膠袋的男人王烈杉的劏房，他的房間內滿是鏡子，四十呎的房間內，至少有二十面鏡子，很明顯，他是一個非常貪靚的男人。

他坐在一張梳妝枱前，脫下了那個超市膠袋。

他是一個美男子？

不，剛剛相反，他因為貪靚，已經做過十多次的整容手術，但因為一次整容失敗，現在他的臉就像生了大大小小的毒瘤一樣，肥腫難分。

他看著鏡子中的自己，然後用指甲輕輕力一擦，就像擠暗瘡一樣，臉上流出了暗黃色的濃。

「沒事的，會很快好過來，很快。」王烈杉看著鏡子對著自己說。

他一面微笑，一面流下眼淚。

如果他是一個美男子，這是一幕很唯美的畫面，可惜，鏡子內只是一塊滿臉毒瘤肥腫難分的臉，只能用噁心兩個字來形容。

「有誰笑我的臉，我一定會殺了他！殺了他！跟那個整容醫生一樣！」

他把一支螺絲批插入了梳妝枱。

王烈杉被通緝的原因，很明顯就是殺死了那個整容醫生，他還把那個醫生肢解然後放入了他的雪櫃之中。

當時，他跟雪櫃中那個斬下來的頭說：「現在你也可以永遠年輕，不再變老了。」

他用超市膠袋包著自己的頭就是不想別人取笑他，覺得他噁心，只要有人看到他的臉而出現厭惡的表情，他會立即把對方的臉畫花，甚至殺死他！

此時，他聽到了103號房的牆壁傳來了聲音，他用耳朵貼在牆上聽聽是什麼聲音。

103號房，在窮三世與甲田由的樓層圖內，還未知道是誰入住。

「是電鑽？」

王烈杉的臉貼著牆壁，就在他眼睛前三厘米的位置，電鑽鑽穿了牆壁，鑽頭在他的眼前出現！

「嗶！」王烈杉完全意想不到，嚇到倒在地上。

「媽的！為什麼鑽穿了牆壁！你是瘋了嗎？」王烈杉怒罵。

一個瘋的人罵另一個瘋的人。

鑽頭縮回去，王烈杉爬起來，從鑽穿的小孔看過去103號房，他看到了……一隻眼睛。

一隻眼睛正同樣看著他！

「你……你是誰？！」王烈杉大叫。

「有沒有興趣……跟我來一場遊戲？」一把男人的聲音說。

「什麼？你現在鑽穿我的牆，還要說玩遊戲？」

「是不是有很多人看不起你？」他說：「是不是有很多人當你是……怪物？」

王烈杉呆了一樣看著那個小孔裡的眼睛，他……怎樣知道的？

「要不要跟我一起……教訓一下他們？」

聲線沒有任何抑揚頓挫，就像沉悶地說出這句話，不過，卻吸引到王烈杉的注意。

「要……要怎樣教訓？」王烈杉問。

「來，把耳朵貼過來。」他說。

王烈杉慢慢地把耳朵貼在牆壁的小孔上，不久……

他笑了。

「好像……很好玩呢。」

究竟「那個人」跟王烈杉說了什麼？

……

…

．

同一時間，103號房上方的203號房。

203號房的住客房間一直也傳出香水味，超級濃烈的香味，不過，她卻完全沒有任何感覺。

她叫巫奕詩，今年四十五歲，在她入住聖比得的時候，腹大便便已經懷有五個月的身孕，包租婆不忍見她可憐，給她住了下來。

「沾沾仔，要吃奶才會快高長大。」

巫奕詩手抱著一個嬰兒，她解開了上衣的鈕扣，準備餵哺母乳。

嬰兒沒有發出任何聲音。

「乖孩子，吃多一點，吃多一點。」

她溫柔地看著裹著布的嬰兒。

如果計算日子，巫奕詩已經在這裡住了三年，嬰兒已經三歲大，應該已經不再吃母乳，但她依然為他餵哺母乳。

是嬰兒不想吃其他食物？還是只喜歡吃人奶？

鏡頭一轉，來到了她手抱的嬰兒前方……

那個嬰兒……

那個嬰兒已經腐爛得看不清楚眼耳口鼻！

他的身上傳出濃烈惡臭！只是巫奕詩噴了大量的香水把臭味掩蓋。

而且，帶有一點酸性的香水，不斷腐蝕著嬰兒的屍體，令他變得不似人形。

其實，在他一出生的那天，嬰兒已經……當場死去。

「世界上不會有人可以傷害你，如果有人傷害你，我一定會把那個人……殺死！殺死！殺殺殺殺！」

巫奕詩的表情由溫柔變得猙獰，就像要把世界上傷害他孩子的人，通通殺死！

301號房。

整個四十呎的房間放滿了雜物，地上還有吃剩的杯麵、餅乾、零食，吸引了甲由、螞蟻來飽餐一頓。

除了拿取包租婆放在門前的食物與上廁所之外，他已經一個多月沒離開過這間劏房。

「舍利弗。於汝意云何。彼佛何故號阿彌陀。舍利弗。彼佛光明無量……」一個和尚正在念著《佛說阿彌陀經》：「南無阿彌陀佛。」

他不是這劏房的住客，他是住在303號房的和尚訕坤。

連包租婆也以為，訕坤除了上洗手間之外，二十四小時都窩在房間，其實，他還會來到301號房，跟他誦經。

對著301號房的住客誦經。

「施主，今天覺得如何？」他問。

一個瑟縮在一角的男人，咬著手指說：「還是……有很多……很多。」

他的黑眼圈很大，明顯沒有好好地睡覺。

他驚慌地看著詘坤身後：「他就站在你身後！在你身後！」

「來者是何許人？」詘坤不慌不忙地問。

「女人！穿著紅衣的！」他瞪大了眼睛：「而且沒有眼球……她對著我笑！」

「請施主別再迷執，感知現象的種種，都全是你不實的幻象而已。」詘坤說。

「不是！不是幻象！她真的存在！她就在你的身後！」男人雙手插入髮根：「昨晚是一個小孩，鐵青的臉，也沒有眼球的！他也對著我笑！」

詘坤沒有跟他爭拗下去，繼續誦經。

這個男人叫冤賴潮，二十八歲，他有一位妹妹叫冤賴玟，是*MESUS 靈異事件部的警員。不過，兄妹二人已經在數年前脫離了關係。

冤賴潮經常說自己見到鬼，在他的身上，甚至是臉上，接近八成的皮膚都紋上了不同的經文與符咒，可惜，他還是每天每晚見到……「鬼」。

自從他由精神病院逃走出來後，就一直住在聖比得住宿之家大廈。

他是不是真的見到鬼沒有人知道，但有一件事是非常肯定的，冤賴潮是一個極度危險的人物，因為在他逃出精神病院後，已經殺死了三個人，而且全部都是女人。

302號房陳美桃的死，會不會跟他有關係？

「施主，今天誦經就到這裡，過兩天我會再來。」詘坤說。

冤賴潮快速爬向他，捉住他的手腕，詘坤也沒有意料到。

「大師！大師！」冤賴潮神情緊張：「她說……會有人死！還會有人死！」

詘坤不明白他說什麼，只是安慰冤賴潮多點休息後，離開了他的房間。

冤賴潮再次瑟縮在牆角，咬著手指，不斷地念著……

「有人會死……有人會死……有人會死……」

他所說的「她」，真的說有人會死？還是他腦海中的幻覺？

或者，只有他自己才知道。

……

⋮

・

聖比得住宿之家大廈，一樓是飯堂，二樓是休息室，而三樓就是雜物房。

在雜物房內，放滿了大廈一切用品，還有多年來已沒用的學校書桌、椅子、黑板、書櫃等等學校設備。這裡的玻璃窗都封上了木板，只有一扇窗透光，就算是中午，都非常昏暗，而且沒有照明的設備。

不過，這晚三樓的雜物房出現了火光。

「嘻嘻嘻……為什麼你吸了這麼多年……還沒死？」一個女生傻笑說。

「去妳的死，我一定比妳長命，哈哈！」另一個男人奸笑：「妳知道嗎？妳現在吸的方法叫『追龍』，哈哈！」

「為什麼叫追龍？很老土。」她說。

「毒品化成氣體，像『龍』一樣在天空飛，我們就『追』著那條龍！」他說。

「嘻嘻嘻，好像很浪漫！」

「很浪漫！」

「無名份的浪漫~最後留低慨歎~時間能否轉慢~」男人突然唱起歌來，黎明的歌《無名份的浪漫》。

「哈哈哈哈哈！你唱得超難聽！超難聽！」

他們又開始語無倫次地對話。

那個女的，就是住在204號房粉紅色頭髮的紫向風，而男人就是住在101號房的住客。

他的名字叫……戶如呂，六十七歲，他全身都是臭味，頭髮像雜草一樣，不知道有多久沒有洗頭，也許已經有不同的細菌和生物寄居在他的雜草頭上，而且牙爛又變黑，不知有多少天沒刷牙。

戶如呂白天在街上行乞，當然，他會躲開警察，晚上回來劏房睡覺，還有……吸毒。

他現在的職業是乞丐，不過在他還未退休前，他的職業是……警察，一個偷取賊贓的警察。

別人都叫他做……「黑警」。

*MESUS靈異事件部，詳細請欣賞孤泣另一作品《世界上沒有鬼》。

206號房。

她在四十呎劏房內不斷用漂白水擦著地板，而且不斷自言自語：「很污糟，要清潔！很污糟，要清潔！」

206號房應該是一至三樓，二十四間房間中最整潔的一間，因為這裡的住客一天花十四小時在房間內清潔。

白潔素，今年三十一歲，是一個病態潔癖者，她要讓房間一塵不染。

當然，大廈已經有一段時間沒有翻新，劏房內的牆身漆油已經剝落，而且最嚴重的是……漏水情況，對於一個有嚴重強迫症的人來說，就像是一場惡夢。

「為什麼清不走水漬？為什麼？為什麼？為什麼？為什麼？！」

白潔素看著天花板上的水漬不禁哭了起來。

痛苦地哭了起來。

「樓上的人在倒水？為什麼會漏水？為什麼？」她咬牙切齒地說。

白潔素的樣子，變得想殺人一樣！

「不行，水漬要處理，一定要！」她看著水桶內的水：「要幫他清潔，洗白白！」

本來憤怒的她，又開始笑了起來。

瘋了一樣大笑。

……

‥

·

306號房。

樓上的劏房真的是在「玩水」？當然不是，漏水只因為大廈日久失修，藏在牆內的水管開始漏水。

306號房的住客根本不關心漏水的情況，他看著手中的相片。

是陳美桃死去那晚，他拍到的住客相片。

那晚，原來他一直躲在後面，沒有被人發現他來了一樓的洗手間。他看著桌上的住客表，這個住客表比三世與田由寫的更詳細，明顯地，他比他們更早在調查著聖比得住宿之家大廈。

「全部都是……怪人。」他抬頭吐出了煙圈：「媽的，不只是怪人，而是……**怪物**。」

這個男孩……不，應該是說這個男人，他叫黃奎安，今年已經三十八歲，不過他的外表、身高、體質等等都只有……八歲。

在他八歲時，因為一場大病，令他停止發育。他的身體沒有長大，不過思想卻是一個三十八歲的男人。

他患上了……「不老症」。

本來，樣子看起來可愛又活潑的他，可以說是人見人愛，可惜，當他說話的時候，聲音卻是一個成年男人的聲線，讓人不寒而慄。

他從小已經被人歧視，三十多年來，都被歧視。

黃奎安一直也在觀察大廈的住客，直至陳美桃死亡，他知道，之後在聖比得將會有更可怕的事發生。

四十呎劏房的牆上，貼滿了住客的相片與資料，他甚至拍到總是用超市膠袋包頭王烈杉的臉、從來沒有在人前出現過的孖生兄弟張基與張德，還有巫奕詩手上那個已經死去腐爛的嬰兒。

在牆上，他圈著一個房號。

他不夠高，所以站在椅子上，看著那個貼在牆上的房號……

304號房。

「門中門，是誰住在這裡？」他用手托著頭說。

黃奎安曾經打開過304號房的門，可惜在門的後方還有一道上鎖的鐵門，他沒法進入。

然後，他看著另一張相片，相片是陳美桃被殺不久後，他看到有人走過，然後在樓梯位置拍到的背影，相片中只拍到一個「黑影」，他沒法知道是誰，他曾對比過已知住客的相片，沒有一個是相似的，就像一個……

不存在的住客。

他知道，包租婆在隱瞞著什麼。

他知道，大廈內的住客都有互動與各自的勾當。

他知道，這裡的住客，全都是怪人，甚至是……怪物。

「媽的，我一定要查出這所大廈有什麼古怪。」

黃奎安對著牆上的住客相片說。

108號房。

我睡在床上，看著上方的鐵絲網。

一個人能承受多大的痛苦，才可以像這樣生存下去？

「窮三世，窮三世啊，你的一生就這樣完了。」我對著空氣說。

十年前的我，當年十五歲，我還是對世界充滿了盼望。我想過自己出來工作後，賺到很多錢，然後組織一個美滿的家庭。早上，年輕貌美的太太為我煮咖啡，然後開著法拉利送孩子回到學校，老師看到我的車，都流露出羨慕的眼神。

我回到公司，同事都非常尊重我，向我說早晨，我走進自己的 CEO 房間，性感的秘書小姐已經等待我簽文件，還說今晚沒約，想跟我一起吃個晚飯，之後……

「算了吧，別再幻想了。」

我用枕頭蓋著自己的臉，我用力一壓，我沒法呼吸。

「原來真的像電視劇一樣，會窒息的！」我在心中說。

大約三十秒過去，我坐了起來瘋狂喘氣。

「幹，很辛苦……」

我看著書桌上放著的雜誌，那些年輕偶像，我想我一生也沒法賺到他一年的薪金。

世界公平嗎？

為什麼世界上有人住在幾千幾萬呎的地方，而我只可以躲在這個只有四十呎的劏房？

有錢，會得到別人的尊重，沒錢，罵你連狗也不如。

「或者，我真的連狗也不如。」

我會一世住在這劏房，跟一班怪人一起生活？

還是想個方法逃出香港，在另一個地方繼續生活？

此時，我的電話響起。

「找張大文。」

「我是。」

「深記士多打來，我們等人用，過兩天可以上班？」他說：「薪金方面，因為你沒法提供身份證，所以只有六千五元一個月，一星期工作六天，一天十小時，吃飯自備。」

「仆街！六千五一個月？你去吃屎吧！」

我沒有說出來，只是心中說出這一句說話。

「好的，我過兩天可以上班。」我說。

「別要遲到，遲到扣五百工資，知道嗎？」他的態度尖酸。

「知道。」

掛線後，我再看一看雜誌上那些年輕偶像，他們跟我差不多年齡。

「六千五元一個月，你說你們工作辛苦嗎？那不如我們來交換身份。」我對著雜誌說。

「窮！是……是我！」門外傳來了甲田由的聲音。

我打開大門：「我我？」

「那天我們……找包租婆時，我就發現……發現了一個問題……」甲田由緊張地說。

「等等。」我探頭看看走廊，沒有人。

「去你的房間吧，你對著電腦就不會口吃了。」我說。

不然，聽他說一句說話，好像要一倍時間。

我們走到107號房。

「你發現了什麼問題？」我問。

「你記得包租婆說過二十三年前，自己的兒子智仔因為殺人而被警方通緝？」田由問。

「沒錯，我記得。」

「他說的二十三年前就是……一九九八年！」田由說。

「對，是一九九八年，那又怎樣？」我反問。

他沒有說話，用渴求答案的眼神看著我。

「一九九八年……」我的腦袋在轉動。

好像在那裡見過這個年份……

突然！我想起來！

「一九九八年八月三十日報紙！頭版寫著『荃灣眾安街女童姦殺案』！」我大叫。

「沒錯！毛叔手上的報紙！」田由興奮地說。

「毛叔與包租婆有關係？」我在猜測：「還是巧合？」

「不用多想，我已經找了毛叔！他說在飯堂等我們！」

在聖比得住宿之家大廈的「線」……

開始相連起來了。

聖比得住宿之家大廈

（第三章更新）

ROOFTOP

02 天台屋
???

01 天台屋
包租婆/
蓉芬依
56歲

3 / F

304 號房
???

303 號房
訕坤
52歲

302 號房
陳美桃
30歲

301 號房
冤賴潮
28歲

2 / F
（女子）

204 號房
紫向風/
風風
21歲

203 號房
巫奕詩
45歲
、沾沾仔

202 號房
東梅仙
38歲

201 號房
趙九妹/
狗婆
76歲

1 / F
（男子）

104 號房
毛大岡/
毛叔
65歲

103 號房
神秘人
不詳

102 號房
王烈杉/
彬仔
32歲

101 號房
戶如呂
67歲

03 天台屋
???

308 號房
郭首治
35歲

307 號房
張基、張德
8歲

306 號房
黃奎安
38歲

305 號房
書小媱/
小小
11歲

208 號房
程黛娜
26歲

207 號房
???

206 號房
白潔素
31歲

205 號房
何法子
40歲

108 號房
窮三世/
三世
25歲

107 號房
甲田由/
漏口仔
24歲

106 號房
???

105 號房
周志農/
肥農
45歲

CHAPTER 04

開始 START

64Z

Max. 3800 rpm

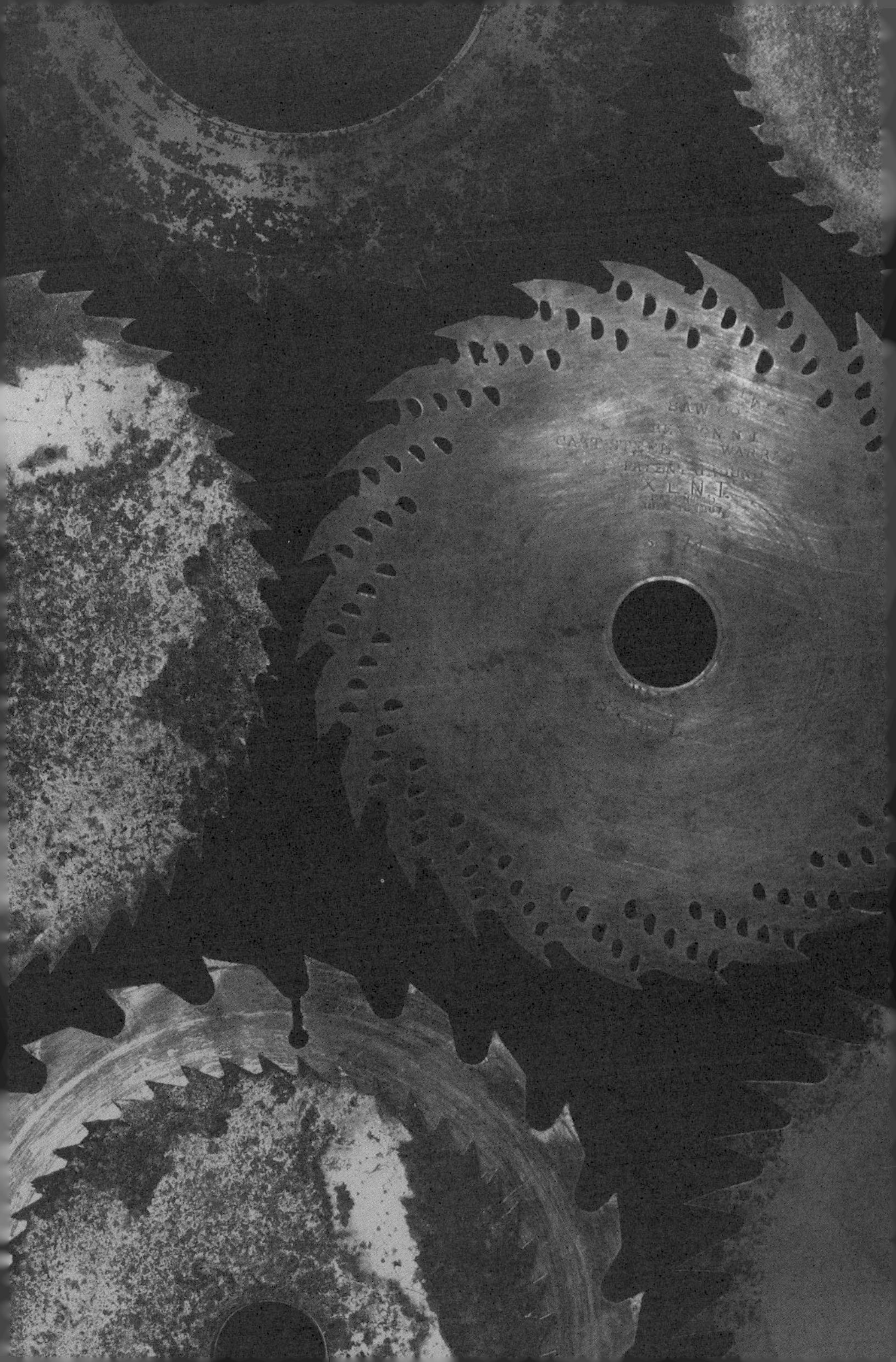
X.L.N.T.

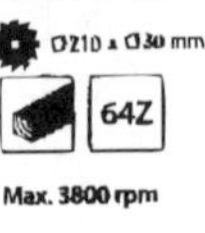

一樓飯堂。

那個禿頭的毛叔坐在同一個位置，看著同一份報紙。

頭版寫著「荃灣眾安街女童姦殺案」的報紙。

「毛……叔你好，他是住在……在108號房的窮三世。」田由介紹著。

他看了我一眼，我想即使每天一起吃早餐，他也不知道我的名字。

我們坐到他的對面。

「毛叔，我想知道你手上的報紙……」

我還未問完，他已經開始說：「她是我的女兒，在二十三年前死去。」

「那包租婆的兒子……」

毛叔看著我，他的眼神充滿了憂傷：「沒錯，是她的兒子瑞口智殺的。」

「什麼？！」

包租婆的兒子殺死了毛叔的女兒……？

毛叔繼續說。
當年瑞口智是毛小恩的私人補習老師。
二十三年前的八月三十日，十九歲的瑞口智把只有十歲的女童毛小恩帶到荃灣眾安街一個新落成的示範單位，然後瑞口智把毛小恩姦殺。
示範單位當天正好休息，沒有客人來看樓，不過，閉路電視卻一直拍著現場，把瑞口智的惡劣行為全部拍攝下來。
在毛小恩的下體，發現了被性侵犯的痕跡，而且還留有瑞口智的精液。
瑞口智的罪行，證據確鑿。
「那個……瑞口智……真的是禽獸都不如！」甲田由生氣地說。
「不，不是這樣的。」毛叔說。
「什麼意思？不是已經拍下所有的罪證嗎？」我問。
「當年，我是瑞口智的家庭醫生……」毛叔繼續說。
從小，瑞口智已經找毛叔看病，所以他們的關係一直很好，而且瑞口智是一個品學兼優的學生，毛叔才會找他為女兒補習。

毛叔說，瑞口智罹患一種叫「膀胱外翻」的疾病，下腹部中央缺損，膀胱由內向外翻出，他有睪丸，卻沒有……陰莖，而且睪丸不能產生精子。

「在瑞口智自殺的那一天，他來過找我。」毛叔回憶起往事，他的手也在震：「當時他的樣子非常痛苦，哭著臉不斷地跟我說不是他做的！不是他做的！他沒有姦殺我女兒……」

毛叔停頓了一會繼續說：「我從來沒看過一個人如此委屈，他那個被誣告的表情，我現在還沒法忘記，但我又怎能相信他？影片清清楚楚拍到他的樣子，所有事情都是他做的！」

「所以你決定繼續指證他？」我問。

毛叔點頭：「就在那一天，下著雨的那天，瑞口智……自殺死去了。」

「一個……一個沒有陰莖的男人……又怎樣……」甲田由也在懷疑。

「之後的日子，我找到更多的資料，的確，瑞口智的身體缺陷，是絕對不能跟女性發生性行為，而且不能射精。」毛叔看著那份發黃的報紙：「我當時不知道應該要相信誰！」

等等……很奇怪……

影片拍到的人是瑞口智，精液的鑒證報告也證明是屬於他，但瑞口智卻是一個沒有陰莖、不能射精與沒法生產精子的男人？

「女兒死後，我也沒有再做醫生，只是終日借酒消愁，家人都離我而去。」毛叔說：「幾年前，因為我販賣未註冊藥物被逮捕，保釋後我潛逃，一直被通緝，後來瑞口智的媽媽，即是包租婆找上我，讓我住在這裡。」

「你已經……原諒了瑞口智？」甲田由問。

「不可能原諒他！」毛叔看著甲田由說：「不過，包租婆也跟我一樣，她失去了兒子。她選擇忘記過去的痛苦，還讓我這樣的通緝犯住下來，反過來說，應該是……她已經原諒我了。」

我在想，為什麼毛叔會把他的事告訴我們？也許，他一直把故事放在心中多年，很想找到傾訴的對象。現在，有人問起他的往事，他就說出來了。

不過，非常肯定的是，毛叔還沒有忘記，他每天還是拿著同一份報紙，還是想著自己的女兒，還是想著兇手究竟……

是不是瑞口智？

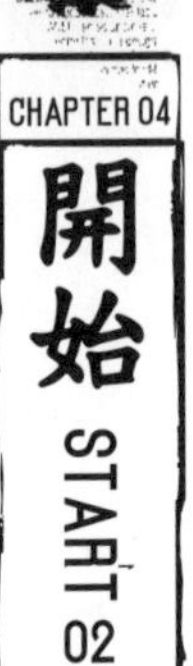

「毛叔。」我拍拍他的手背：「我明白你的痛苦，不過，事情真的過去了，你的女兒也會希望你可以好好生活。」

他看著我，眼淚在眼眶內打轉。

「對！如果……有什麼想借的……就來找我們吧！我們怎說……怎說也住在同一大……大廈！」甲田由微笑說。

「謝謝你們兩位年輕人。」毛叔老淚縱橫。

如果不認識他，會覺得毛叔是一個怪人，每天都拿著同一份報紙，不過認識了他，才知道他有一個這樣悲慘的故事，他的人生，就在二十三年前女兒死後，已經完結了。

我們都總是笑別人古怪，但從來也沒有了解過，那個怪人背後的故事。

我們跟毛叔道別過後，來到了天台抽煙。

「瑞口智究竟是不是兇手？」我吐出一口煙。

「應該……是他吧，影片也把他的樣子拍……拍下來了。」甲田由說：「而且精液又是……

他的。」

「嗯。」

現在的時代，就是一個「有畫面有真相」的年代，所有的證據也指向了瑞口智，兇手就是他，不過……

「窮，你的……你的父母呢？他知道你……住在這裡？」甲田由問。

「世界上有像包租婆和毛叔這樣愛子女的父母，也有相反的。」我看著藍天：「我只能說，我父母……狗都不如。」

「這麼……嚴重？」甲田由沒想到我會這樣說。

什麼父愛母愛，我從小已經不需要這東西，因為他們根本就沒當過我是兒子。

「別說我了，現在已經知道毛叔與包租婆的事，下一步呢？」我問：「還有幾天我就要上班，或者不能跟你一起調查。」

「上班？你不怕……怕被發現？」甲田由問。

「就在山腳下的村士多而已，他們不需要我給身份證，給他們的名字也是假的，不會有事。」我掉下了煙頭：「怎說也要交租吧，就是要錢。」

「唉……一說到錢，我覺得……不明白為什麼還要打工？」甲田由說。

「什麼意思？」

「股市、比特幣……等等，別人……別人一分鐘就可以賺到你……你一世都賺不到的錢，你說呢？還辛辛……苦苦打工？」他說。

甲田由說，世界上，一邊正在打仗，那些窮苦的市民吃也沒得吃，但另一邊卻股市暢旺，那些人坐在電腦前就有錢，天天大魚大肉，甚至浪費食物。

「世界……公平嗎？」甲田由說出我之前想過的問題：「有權有勢……有錢的人……當然說世界公平吧，你試試去問……阿富汗人民，看看他們……他們怎樣說？公平？公平……個屁！」

「不用說到阿富汗，住在同一天空下、同一個香港，已經可以知道。」我想起我的四十呎劏房，還有電視上的豪宅廣告。

人無分貴賤？去你的，只有窮人才知道什麼才是真正的「貴賤」。

「你不用跟我說這些了，我最了解什麼是『窮』。」我離開天台回頭看著甲田由說：「別忘記我叫什麼名字。」

沒錯，我叫……窮三世。

三天後，凌晨時份。

205號房，何法子的房間。

每天，何法子也會早起出門，包租婆問她吃不吃早餐，她九成也不吃就匆匆忙忙出門，晚上才回來。她不是去上班，而是去西貢一個荒廢工場，去看看他的丈夫。

她丈夫在那裡工作？

不，是她殺了她的丈夫。

她只是去棄屍的地方。

每天她也遠遠地看著被她埋在泥土下的丈夫，她絕對不是掛念有外遇的丈夫，而是害怕有人會發現丈夫的屍體。

「是你背叛我，我才會下毒殺死你！是你的錯！」

丈夫失蹤，在他們的家發現了毒藥，也發現杯上有丈夫的DNA，何法子下毒的證據確鑿，已經被警方通緝多時，她甚至沒法去找自己只有四歲的兒子。有一次，她想到幼稚園找兒子，差點被捉到，她只能遠遠看著自己的兒子。

早上去到埋屍的地方，下午去看看自己的兒子，晚上回到聖比得住宿之家大廈，每天都是如此的行程。

不過，今晚開始，有所不同。

原本她的人生，已經在下毒的一刻完結了，不過，今天才是她……生命真正的結束。

她的雙手被一條 iPhone 線緊緊綁在背後，一把尖銳的軍刀，慢慢……插入她的喉嚨。

很慢……很慢……就像壽司師傅在慢工切魚生一樣。

她沒法大叫，只痛苦得全身僵直，血水從她的嘴角流下，染滿她整件衣服。

「他」把軍刀一轉，血水濺在「他」的臉上，「他」出現了一個微笑的表情。

然後，「他」開始把軍刀放平，慢慢切開何法子的嘴巴，何法子整個下巴也掉了下來。

「他」的藝術品……還未完成。

「他」把已經死去的何法子上衣撕開，然後用她自己的血在她身上寫著……

「我是殺人犯」。

「他」滿意地看著死去的何法子。

不久，「他」走出205號房，就在「他」走出走廊時，「他」看到有一個人正正看著「他」。

是307號房兩兄弟的弟弟張德。

因為他們兩兄弟只會在沒人的時候才會出現，他沒想到會遇上了「他」。

走廊昏暗，不過只有八歲的張德，清清楚楚看到「他」的樣子。

張德將會是下一個被殺的人？

不，不是。

他們對望了一眼後，「他」做了一個安靜的手勢，然後轉身離開。

張德等「他」離開後，才慢慢走到205號房看。

「青蛙。」

他看著死狀恐怖的何法子，只吐出了兩個字。

「德，我上完洗手間了，走吧！出去玩！」哥哥張基從走廊另一邊走過來。

張德指著205號房，張基也看著死去的何法子。

「好像……很好玩！」張基高興地說。

張德微笑點頭。

然後，他們兩兄弟走入了205號房，關上了門。

……

‥

·

第二天早上。

202號房的變性人東梅仙一早起來，因為今天有事要忙，所以才會一大早起來。

她走出了走廊，在走廊的地上看到……

血鞋印。

小孩留下的……血鞋印。

「發生什麼事？」

她看著血鞋印的方向，是由205號房開始出現。

東梅仙慢慢走向205號房，房門微微打開，她推開一看……

「呀！！！！」

東梅仙看到何法子的恐怖死相，她的胸前寫著「我是殺人犯」，不只這樣，何法子的肚皮更被剖開，內臟通通都流了出來！

死狀更加恐怖！

東梅仙的叫聲傳向整棟大廈，很快，其他的住客也被叫聲吸引過來。

104號房的毛叔、107號房的甲田由、108號房的窮三世、204號房的紫向風、206號房的白潔素、208號房的程黛娜、301號房的冤賴潮、308號房的郭首治，還有包租婆，他們一起來到了205號房的門前。

看到何法子死狀，吐的吐、叫的叫，全部人都不敢相信，眼前恐怖的畫面是真實的！

「是……是誰做的？是……誰？！」甲田由已經不敢正視那具屍體。

「瘋了嗎？這不只是殺人，是虐殺！」程黛娜大叫。

「是小孩的鞋印。」窮三世蹲了下來說：「一直走到三樓！我跟著鞋印去看看！」

「我跟你一起去！」今早沒有吸毒的紫向風說。

他們兩人快速離開，走上三樓。

郭首治走入了房間，近距離看著何法子的屍體，他觀察著何法子的瞳孔。

「鎖是壞的！沒法鎖門！」毛叔轉轉大門的門柄說。

在場的人一起看著包租婆。

「不……不關我事！你們說門鎖壞了，我隔日就找人來修理了！」包租婆緊張地說：「何法子沒有叫過我換鎖！」

「她的瞳孔放得很大，比正常死亡更大，她一定是在極度驚慌之下死去。」郭首治說：「致命原因應該是被刀之類的東西插入了喉嚨，然後再被剖肚。」

「你……你怎知道？」甲田由問。

「因為如果先被剖開肚會掙扎，嘴角左右兩邊切口都很齊，不像有掙扎過。」郭首治說：「而且不是用同一兇器，嘴角的切口很整齊，而肚的開口都很業餘。」

業餘？或者，就只有郭首治可以這麼清楚「解剖」的細節。

甲田由聽著他鉅細無遺的形容，有一份心寒的感覺。

「很污糟！要清潔！清潔！」

有嚴重潔癖的白潔素像瘋了一樣，脫下了身上的外衣在地上擦！

用力地擦！

全部人也看到呆了。

同一時間，窮三世與紫向風跟著血鞋印來到了三樓，鞋印來到307號房的門前。

「不只一個小孩的鞋印，是兩個！」窮三世說。

「這裡是住了兩個小孩？」紫向風猜測。

窮三世對紫向風點點頭，意思是「我準備敲門」。

「你好，我是這裡的住客窮三世。」他敲門。

「還有我住在204號房的紫向風。」她說。

大門慢慢地打開，房間內的孖仔張基與張德看著他們二人，他們走進了劏房。

「他。」張德指著三世說。

「我？你認識我？」三世問。

「青蛙。」張德莫名其妙地說。

「青蛙？我不明白你說什麼，我只是想知道你們有沒有受傷……」窮三世說。

三世還未說完，張基快速拿起桌上的一把鎅刀指著他們：「別過來！」

「等等，小朋友，我不是壞人……」三世舉起雙手。

「出去！快出去！」張基憤怒地大叫。

「我們先走吧！他們看來沒受傷！」紫向風緊張地說。

「但……」

張基拿著鎅刀走向前，真的想插向窮三世的身體！

「沒問題！走！我們走！」窮三世大叫。

窮三世和紫向風退後，張基用力關上大門！

走廊回復寧靜，只餘下他們二人。

「你認識他們嗎？」紫向風問：「怎麼他們都好像很怕你似的？」

「不，我也是第一次見到他們，竟然有兩個小孩住在這裡！」窮三世說：「我去問問包租婆！」

窮三世離開走廊，紫向風看著他的背影，剛才……

剛才那兩個小男孩看著窮三世，出現一種恐懼的眼神。

他們真的完全不認識？

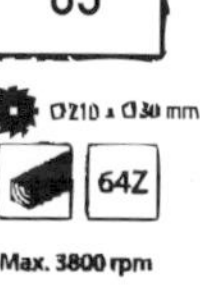

窮三世和紫向風回到二樓，大家的樣子還是非常驚慌，在討論著什麼。

「三……三世！」甲田由走到他面前：「大家正在討論……是不是跟之前一樣……處理屍體，還有……」

「我不贊成。」程黛娜說。

「對！我想要私隱！」東梅仙和應。

「我也反對……反對。」他們第一次見住在301號房的冤賴潮：「如果拍到鬼……太恐怖了！」

「你們在說什麼？」紫向風問。

「大家已經決定了不報警，不過，包租婆提議在每一樓層加裝閉路電視，這樣會比較安全。」毛叔說。

加裝閉路電視？

在各人的心中也知道，因為自己是通緝犯，不能留下自己在這裡入住的證據，也不想被拍下自己的行蹤。

「在這裡的人來投票吧，如果想加裝 CAM 的請舉手。」包租婆說。

大家也在互望著，心中有鬼。

沒有。

沒有人舉起手。

這是人性，沒有人想被監視，大家都覺得自保比加裝閉路電視更有用。

「那沒辦法了。」包租婆搖搖頭。

「我們先處理屍體吧。」郭首治輕鬆地說：「不過最好是晚上才處理，現在太明目張膽。」

「我才不要！太噁心了！你們男士來吧！」紫向風說：「我先回房間，不想再留在這裡！」

「我也走了……我怕她的鬼魂會來找我！」冤賴潮說完離開。

「今晚你們才叫我吧。」毛叔也離開。

現在的氣氛非常奇怪，明明有一個女人被虐殺，大家不選擇報警，又不想安裝閉路電視，還要幫忙埋屍，然後像之前一樣，又回到正常的生活。

真的能夠回到正常的生活嗎？

他們已經生活在一個完全不正常的世界，又怎可能說是「回復正常」？

在場的甲田由、窮三世、程黛娜、郭首治，還有包租婆，一起看著好像完全不怕死屍的白潔素，還在用力擦著滿是血水的地板。

兇手是誰？會不會就是身邊的那個人？

要搬走嗎？已經走頭無路的他們，還可以搬到哪裡？

他們心中都在想著，這地方愈來愈古怪！全部都是怪人！

就在大家都離開後，那個患有不老症的黃奎安才出現。他已經在早前偷偷拍下各住客，現在他決定來到何法子的劏房拍攝，蒐集資料。

黃奎安以為沒有被任何人發現，其實203號房那個抱著嬰屍的巫奕詩，在門縫中看著他。

還有在走廊盡頭洗手間內，還未離開二樓的醫生郭首治也看著他。

用一個詭異的眼神看著他。

……

⋮

‧

在聖比得住宿之家大廈，大家都……各懷鬼胎。

晚上，包租婆發了一個訊息給聖比得住宿之家大廈的二十多位住客。

窮三世在自己的劏房床上，看著手機的訊息。

最近發生的事讓大家受驚，非常抱歉。如果大家想退租，我不會阻止，還會退還餘下多交的租金。

因為在這裡的住客都比較特殊，所以大家都決定不報警、不安裝閉路電視，希望其他人見諒。

但願未來不會再有事情發生，大家可以安安樂樂在這裡入住。

如果租客選擇在這裡繼續入住而又擔心，大家可以鎖上床上的鐵籠，這樣，可以比較安心地睡覺。

祝安好。

包租婆

窮三世看著頭上的鐵籠，他曾以為狗才會願意被困著睡覺，沒想到現在會是他自己。

他拿起了床邊的鎖頭，然後把鐵籠的門鎖上。

不只是他。

其他在房間的住客，也同樣把鐵籠的門鎖上。

或者，這就是鐵籠的……

真正用途。

……

：

·

五小時後。

退租人數……零。

凌晨。

毛叔、甲田由、窮三世，還有郭首治一起把何法子的屍體「打包」，包括了流出體外的內臟，然後埋在大廈對出的草地之內。

「嘔……嘔……」甲田由已經不知吐了多少次。

「給你。」窮三世把點了的煙遞給他，甲田由用力地抽了一口。

「我已經問過包租婆，307號房的確是住了兩個八歲的孖仔，他們的媽媽是偷渡來，已經死了，不知道爸爸在香港什麼地方，簡單來說，就是不要他們吧。兩個小孩如果被捉到會被遣返，所以包租婆才讓他們入住聖比得。」窮三世說。

「現在……還有偷渡的嗎？」甲田由問。

「販賣人口、販賣器官、偷渡等等，從來也沒有停止過。」郭首治放下了鐵鏟坐在地上休息：「只是沒有人想知道而已。」

窮三世把煙給他，他搖手表示不抽煙。

「其實我也是診所醫生，不過已經很久沒執業了。」毛叔說。

「是診所嗎？不過，我不喜歡只看病，我比較喜歡……解剖。」郭首治說。

其他三人煞有介事地看著他。

「對，你住在……他們隔壁，你不知道有兩個……兩個小孩？」甲田由問。

「你又知道隔壁住了什麼人嗎？」郭首治反問。

「這……」甲田由想起了傳來哭聲的106號房。

「不只是聖比得，也許其他大廈的人，住了十年也不知道同一層的住客是誰。」郭首治笑說：「這就是城市人的隔膜。」

「大家覺得兇手會是誰？」窮三世問：「應該不會是那兩個孖生兄弟吧。」

「誰知道？殺人又沒分年齡。」郭首治看著他們說：「或者我們這裡其中一人就是兇手呢。」

大家也沒有說話，只是互相對望著。

良久，郭首治繼續說：「已經死了兩個人，我覺得還會有人死。」

「那……你不怕嗎？你不……不搬走？」甲田由問。

「我還可以去那裡？」郭首治看著剛才埋下何法子的位置：「不過，如果真的有人想殺我……」

他突然拿出一把手術刀：「我會比他更快先下手！」

「這裡的人都是瘋的！」毛叔說完後離開：「完事了！我先走！」

「窮，我們……我們也走吧。」甲田由說。

窮三世看著拿著手術刀的郭首治，神情凝重。

「我想提提你們，不是所有住客都覺得現在發生的事都是……『恐怖』。」郭首治站了起來：「有些人反而……樂在其中。」

「別理他了……窮我們走吧！」甲田由拉著窮三世的手臂離開。

郭首治看著他們離開，然後把手術刀收起，哼著歌慢步離開草地。

或者，他說得對，有些人卻是樂在其中，當中，包括了郭首治自己。

世人不就是看著別人仆街就會開心嗎？

他只不過比那些正常人嚴重一點，喜歡看著別人……

慘死而感到快樂。
從心而發的「快樂」。

窮三世回到自己的房間，戴上了耳機，把音量調到最大。

他聽著最愛的Damien Rice其中一首歌《Elephant》。

「'Cause I am lately-Lonely-」

每次聽 Damien Rice 的歌，他就會想這個歌手究竟發生了什麼事，才會唱出那一種慘痛的感覺？

很痛。

窮三世流下眼淚，他想起了自己，在床上飲泣。因為他背著門躺著，他沒法看到……有人打開了他的房門。

某個人從門縫中看著窮三世，他聽到了他在飲泣，緊握著拳頭。

他想做什麼？

他什麼也沒做，只是靜靜地看著三世，他知道他正在聽著 Damien Rice 的歌。

為什麼他可以打開窮三世房間的門鎖？

不是只有包租婆與窮三世才有房門的鎖匙嗎？

「好好睡吧。」他說完輕輕關上大門，然後從走廊中消失。

這一晚，在聖比得住宿之家大廈也許沒有人可以好好入睡，而被影響得最嚴重的人，包括了包租婆。

已經有兩個人被殺，在聖比得接下來將會發生什麼事？天台。

包租婆把205號房染滿血的床單、用品，放在一個大鐵桶裡用火燒著，然後她點起了香煙抽著。

「好好去吧，別要再來這個討厭的世界。」她看著升起的煙說。

她是跟死去的何法子說嗎？

怎說，何法子也是被虐殺，不會像她所說的「好好去」。

「凶宅」兩個字，對於大部分的人來說都會感到非常害怕，如果入住一個有人被殺而死去的單位，總是不自在的。不過，對於包租婆來說，絕對不是問題。

四十呎的凶宅劏房，從來也不愁沒人租住。

因為來住的人，也不見得有多光明，全都是帶罪在身的通緝犯。

此時，包租婆的手機響起。

「情況怎麼？」手機內的人問。

「都順利的。」包租婆說。

「很好，然後就是真正的遊戲開始。」他說：「我可以好好看戲。」

包租婆沒有說話，只是沉默著。

「怎樣了？妳有什麼不滿嗎？」他問。

「不是，只是我在想……真的要做到這樣嗎？」包租婆問。

「妳知道我是不會錯的，不是嗎？」

「我知道。」

「那就繼續好好做妳的包租婆角色吧。」他說。

「嗯。」

掛線前，那個人說了一句說話，包租婆笑了，滿足地笑了。

包租婆一直也知道整棟大廈發生的事，不過，她沒有跟住客說出任何細節，就如那個人說的一樣，她就在好好飾演著包租婆的角色。

她知道，為了「這個人」，自己什麼也可以做，就算是被利用，她也心甘情願。

是見死不救？甚至是殺人？她也沒有半句怨言。

在這個醜陋的世界、腐敗的社會，有這一種「愛」存在？

有的，絕對有。

而且不是只有一個半個人，擁有這一種愛。

這一種……「母愛」。

扭曲了的母愛。

那個人最後在手機中說的那句話……

……

…

．

「媽，我一直也很愛妳。」

CHAPTER 05

實驗

EXPERIMENT

X.L.N.T.

史丹福監獄實驗（Stanford Prison Experiment）。

一九七一年，美國心理學家菲利普・津巴多（Philip George Zimbardo）領導的研究團隊，在一個地下室內模擬監獄的環境，把志願實驗人員分成獄卒與囚犯兩批人，進行心理學的研究。

獄卒和囚犯很快就投入自己的角色，不過為期兩星期的實驗卻在六天後被迫結束，因為飾演獄卒的參加者，開始在半夜沒研究人員觀察時，利用自己的身份虐待囚犯。

實驗結果說明了人類的行為會受環境與社會的影響，甚至會變成嚴重扭曲的性格，最後傷害他人。

這實驗引證了路西法效應（The Lucifer Effect）。路西法效應，是指人類或社會團體在特定情形與環境之下，人格、思維、道德與行為都會變得墮落，同時會將人性中邪惡一面釋放出來，集體做出違背道德的行為。

五十年後的今天。

「他」想進行進一步的實驗。

他召募的依然是志願者，不同的，實驗人員全部都是……「罪犯」。

首先，實驗需要有一個特定的環境，他準備了四十呎空無一物的劏房，讓實驗人員住在隔離的空間，心中產生強烈的孤單感與幻想。參與者可以隨意離開房間，不過，大部分的參與者在房間的時間比外出多出 **52%**。

人類還是喜歡躲在一個自己認為是「安全」的地方，即使細小的環境讓他們變得空虛與寂寞。

他的第一步完成，然後他需要進行下一步計劃。

在特定環境下，讓實驗出現參加者「死亡」的情況。

不過，實驗不是太順利，他沒有估計到，當第一位實驗人員死亡後，其他參與者會變得「團結」。

他們因為自身的「利益」，不想報警與拒絕安裝閉路電視，反而選擇了一起「埋屍」，縱使死者不是他們所殺。

他覺得很有趣，自私的人類，竟然會選擇團結「集體犯罪」，參與者還開始集合起來，由互不認識變成了朋友，甚至是合作調查，這是他在這次實測中，意想不到的。

不過，這還未是他想要的「實驗結果」。

所以他決定再殺一個人，而且手法比上一次更兇殘，看看參與者的反應。

某些參與者依然變得「團結」，作出合作的安排；不過，另一些參與者卻開始出現變化，在他們內心深層的獸性與黑暗面逐漸浮現，他們的腦海中出現了新的「想法」。

「殺人不會報警、不會被捕，也沒有懲罰與法律責任，同時，人類的道德枷鎖也不需要再存在。」

他的實驗就在死去兩個參加者後，死去兩個住客之後……

開始進入了「正軌」。

那些曾是殺人犯、強姦犯，會從殺害別人及鮮血得到快感的住客，開始按捺不住腦海中的慾望，準備有所行動。

他對人類在不被發現的情況下犯罪的慾望，與人類存在於一個細小空間出現更深層的黑暗面這兩方面的研究，得到了他想要的答案。

這次的實驗，他稱之為……

聖比得劏房實驗（**St. Peter's Subdivided Flat experiment**）。

CHAPTER 05 實驗 EXPERIMENT 02

一星期後。

305號房書小嬬的房間，再次有一個男人走出來，他是……104號房的毛叔。

「錢妳拿穩，別要亂花，知道嗎？」毛叔在門前把衣服整理好。

書小嬬點點頭。

「另外後晚，可以嗎？」毛叔問。

只穿著內褲的書小嬬再次點頭。

大門關上，書小嬬坐在床上數著錢。沒錯，一直以來，這個十一歲的女孩，正為大廈的男人提供某些「服務」，至於是什麼服務，不用多說也知道。

聖比得住宿之家大廈的住客，其實一直也有互相接觸，只是沒有其他人知道而已。

十分鐘後，305號房再次有人敲門，書小嬬打開大門，在門外站著的是101號房的戶如呂，一個吸

毒的退休警員，全身也傳出臭味。

「我先洗澡。」書小嫣說。

「不，不用了！現在就來！」戶如呂把她推到床上，然後把門關上。

他用發黑的牙齒咬住書小嫣的頸，書小嫣表情痛苦，戶如呂更加興奮，他就如禽獸一樣，準備品嘗他的「獵物」。

戶如呂除了在書小嫣的身體上獲得滿足，還在精神上得到滿足感。曾經，利用自己的警察特權去欺負弱小是他做警察時的惡習，可惜退休後他沒法再得到這一份滿足感，再加上偷取賊贓的事被揭發，他被同袍通緝，這代表了，戶如呂再也沒法成為支配別人的人！

不過，現在的他，卻可以在書小嫣的身上得到心靈與肉體上的滿足！

把痛苦與憤怒發洩在她的身上！

就在戶如呂把褲子脫下之時……

「咔！」

305號房的房門打開！

戶如呂慌張地回頭一看，一把斧頭已經落在他的眉心之間！

鮮血濺到書小嬌雪白的身體上，她目無表情看著戶如呂倒在地上！

戶如呂瞬間被某人所殺，現在，書小嬌同樣有危險！

她看著把戶如呂斬殺的人，繼續用斧頭斬入戶如呂的身體，血如泉水一樣從他身體中噴流而出，根本沒有人可以阻止他！

良久，他終於停了下來，看著下半身一絲不掛的書小嬌。

他的下一個目標，將會是弱小的……書小嬌！

等等……

不是這樣的。

剛才305號房的大門是鎖著的，這個人沒有破壞門鎖，他是怎樣進來？

很簡單，因為他……

擁有305號房的鎖匙。

書小嬌給他的鎖匙。

她從床上站起，然後擁抱蹲在地上的他。

「誰欺負我的小公主，我就要他死！要他死！」他憤怒地說。

「謝謝你。」書小嫣在他的耳邊說。

書小嫣很弱小？不，她才是真正的「強大」。

她可以利用身邊的人，用同情心去控制世界上所有會憐香惜玉的男人！

「唱歌給我聽，可以嗎？」書小嫣看著屍體面不改容地說。

「好！好！」他開始用他的老牛聲唱出兒歌：「人人常歡笑~不要眼淚掉~時時懷希望~不必心裡跳~在那人世間~相助共濟~應知人間小得俏~」

這個男人，就是105號房的周志農，肥農！

肥農曾是一個姦殺兒童的殺人犯，現在卻成為了書小嫣的……「棋子」。

201號房，狗婆的房間。

一個七十多歲的老人家，被綁在椅子上，嘴巴還塞滿布，她沒法說話。

郭首治坐到她的前方，身體傾前說：「為什麼要毒死那些狗？」

狗婆不斷地搖頭。

「我已經解剖被你毒死的狗，發現了氟乙酰胺與氟乙酸鈉等老鼠藥成份。」郭首治說：「妳知道嗎？狗是我們最好的朋友，比人更好，妳為什麼要殺死牠們？」

郭首治用手摸著她半邊已經扭曲變形的臉頰。

「是不是妳小時候被狗咬而做成的？牠們毀了妳一生？所以妳對狗這麼可愛的生物存在殺意？」

狗婆想說話，郭首治把她嘴巴的布拿走。

「是這樣對老人家的嗎？你這個不懂敬老的人！」狗婆生氣地說。

郭首治苦笑了。

的確，從任何道德角度來看，我們都要尊敬老人家，從小已經在學校學習這些道德觀念。不過，世界上有更多倚老賣老的人，就如那些在公園跟著年輕少女跳舞的老人，他們不會覺得自己騷擾著其他市民，還要給錢那些高聲唱歌的少女。

這些老人覺得自己快樂最重要，對其他人的安寧懶理不理。

對著這些「老人」，我們真的需要尊重？

「敬老？」郭首治苦笑：「對著妳這些虐殺動物的人，我為什麼要敬老？」

郭首治走到狗婆身後，一隻手掩著狗婆的嘴巴，另一隻手用手術刀把狗婆的右耳割下！

鋒利的刀鋒，清脆利落地把她的耳朵割下。

狗婆痛苦地掙扎，卻沒法叫出來！

然後，郭首治從醫生袍中拿出一包老鼠藥，把藥瘋狂塞入她的嘴巴中！

「妳快吃下吧，我會繼續把妳的器官一個一個切下，也許，中毒死會比這樣失血過多死來得輕鬆。」郭首治奸笑：「對，忘了說，小時候我最愛的狗仔小旺，就是被我父親切下牠臉上的器官虐待而死，現在就當是為牠報仇吧。」

他話一說完，手術刀插入了狗婆的眼球。

老鼠藥塞滿她的嘴巴，她叫也叫不出來！

整個畫面都是暴力和血腥，不過，「有人」卻看得津津樂道。

202號房的東梅仙瞪大眼睛看著！

201與202號房的牆壁有一個細小的孔，東梅仙從小孔中看著郭首治虐殺狗婆！一向很喜歡看血腥恐怖片的她，沒想到會看到真實的「表演」。

她會拯救隔壁的狗婆？

才不會，她要慢慢欣賞這血腥的真人表演。

滿足偷窺的快感。

在她的腦海中同時出現了幻覺，她幻想自己就是郭首治，親手完成這場表演。

她一想起這一幕，興奮得快要失禁。

……

…

．

夜深，一樓飯堂。

聖比得住宿之家大廈之內，不是每個地方都充滿黑暗與血腥，有些地方，甚至瀰漫著溫馨的感覺。

這個星期相繼有住客死去，當然，屍體暫時還未被發現，或者殺人的住客已經處理好屍體，不過，也可能要等到出現屍臭才會揭發。

除非，兇手像203號房的巫奕詩一樣，不斷向嬰屍噴上大量的香水。她手上的沾沾仔，已經腐爛不堪，根本就不能從包布中抱出來，如果把沾沾仔抱出來，也許會……四分五裂。

這晚，奇怪地一向當沾沾仔如珠如寶的巫奕詩，卻沒有帶她的心肝寶貝一起來到飯堂。

「吃吧，吃多點吧。」巫奕詩滿足地看著一對孖生兄弟。

幾天前，她發現了張基與張德兩兄弟。她對小孩特別有愛心，就因為這對孖生兄弟的出現，她開始對沾沾仔……移情別戀了。

「姨姨，很好吃！」張德高興地說。

「對！我從來也沒吃過這麼美味的東西！」張基把一塊鮮紅色的肉放入口中。

「喜歡吃就吃多點吧！」巫奕詩高興地說：「這是我最撚手的菜！」

在飯堂的場面很溫馨，就像一個慈祥的媽媽為孩子準備了晚餐一樣，充滿了家庭溫暖。

張基與張德正在吃著巫奕詩準備的……韓式生肉飯。

經過特別醃製的鮮紅色生肉，加上一隻蛋，喜歡吃的人都覺得顏色鮮艷美味，不喜歡吃的人卻覺得非常噁心。

而張基與張德，是前者。

不過，有一個更重要的問題，就是巫奕詩醃製的「生肉」，是從哪裡來？

「吃多一點吧，雪櫃還有很多，我拿給你們。」

巫奕詩走到雪櫃前打開雪櫃門。

這邊的大雪櫃都是放急凍鮮肉，包租婆很少會用到這個雪櫃，正好，巫奕詩可以拿來用。

她把已經用保鮮紙包好的鮮肉從雪櫃取出，肉的顏色看起來很新鮮，脂肪不多，看起來應該是「瘦肉」。

在放肉的碗上，有一些「粉紅色」的東西，巫奕詩細心地把它拿走，然後放在食桌上。

「好吃好吃！」張德舔著手指，滿嘴都是紅色的肉殘渣。

「姨姨，妳不吃？」張基問。

「姨姨會吃。」巫奕詩摸摸他們的頭：「你們先吃吧。」

突然！

巫奕詩沒把雪櫃的門關好，有樣東西從雪櫃掉了下來，慢慢地在地上滾向他們。

「這個是……」張德看著地上的東西。

圓圓的東西。

「這是西瓜，你們沒見過嗎？」巫奕詩說。

張基搖搖頭：「西瓜好吃嗎？」

「很好吃，一會你們吃飽，姨姨切給你們吃，做飯後甜品。」

「好啊！好啊！」

「妳別要亂搞！知道嗎？會嚇到他們的！」巫奕詩對著急凍櫃，做了一個安靜的手勢。

巫奕詩把西瓜放回雪櫃內，然後她打開雪櫃上層的急凍櫃。

她跟誰在說話？

她在跟……紫向風說話。

她在跟一個雙眼瞪得很大，已經發紫的人頭說話！

染著粉紅色頭髮的紫向風，被人肢解後，頭顱放入了急凍櫃！

她的身體其他部分呢？

巫奕詩看著兩個孖生兄弟，把鮮肉吃得津津有味，那些鮮肉……

「我想吃多一點！」張基高興地說。

「當然沒問題！」巫奕詩關上急凍櫃門。

紫向風是被巫奕詩殺死？

才不是，只是昨天巫奕詩經過紫向風的房間時，見到已經被肢解的紫向風，她想了一想，決定醃製生肉給兩兄弟吃。

巫奕詩是瘋了嗎？

對，她一向也是瘋的，不然，怎會一直照顧著那具已經腐爛的嬰屍？

「乖孩子，我不會讓你們餓壞的。」

巫奕詩溫柔地微笑著。

在飯堂內，出現了……

最窩心與溫馨的畫面。

……

‧‧

‧

三天前，紫向風的204號房。

有人敲門，紫向風問：「誰？」

「是我。」

紫向風聽到他的聲音後，知道是認識的人，放下了戒心打開大門。

「找我有事？」紫向風問。

「對，可以讓我進來嗎？」他說。

紫向風想了一想，沒有立即讓他進來。

「我想問妳要些毒品。」他說：「妳也知道最近發生的事吧，我想麻醉一下自己的思緒。」

她還是在猶豫著。

他從袋中拿出了錢，有數張一千元紙幣：「這裡夠買多少？妳給我多少也可以。」

紫向風拿過了錢，心想下個月有錢交租了，放下了戒心。

「進來吧。」紫向風把門打開，然後轉身在書桌的袋中尋找毒品。

「謝謝。」他微笑說。

「最近的貨量不多，我只能給你……」

紫向風還未說完，她突然感覺到後腦傳來一陣劇痛！她摸摸後腦，再看著自己的手，全是鮮血！

他從紫向風的背後襲擊她！

紫向風倒在地上，在她完全昏迷前，她想起了……

她想起了那個……「背影」。

「我的工作完成了，之後就由你慢慢玩。」他向著昏迷的紫向風說。

在他背後出現了另一個人的身影，他是102號房王烈杉！

他把頭上的超市的膠袋拿下，露出生滿腫瘤的噁心樣子。

「這就是你說的『遊戲』嗎？嘰嘰。」王烈杉高興地說。

他回頭看著王烈杉，他們的視線非常接近，不過他完全不怕正面看著王烈杉生滿腫瘤的樣子。

「對，這是你的『遊戲』，你想怎樣就怎樣吧，把她肢解也沒問題。」他說。

「真的嗎？」王烈杉笑得像惡魔一樣。

這個「他」，就是103號房的神秘住客，同時他也是……

晚上，三樓。

「有鬼……很多鬼……」301號房的冤賴潮快步走向洗手間：「別要看……別要看……一直走……」

忍了一晚已經快尿出來的他，終於忍不下去，要走一趟廁所。

就在他走過走廊，看到304號房的門微微打開。

「為什麼會打開？會不會有鬼？不要去！」

304號房曾經被306號房的黃奎安破壞了門鎖，所以304號房的門隨風吹到微微打開。

因為好奇心的驅使，冤賴潮口說「不要去」，身體動作卻完全相反，他說不要去，卻伸手想打開大門。

「別要怕，就看看是什麼吧。」他在自言自語。

極度怕鬼的冤賴潮，因殺死了三個女人因而被通緝，不過，其實殺死她們的人，不是這個怕鬼的冤賴潮，而是「另一個」冤賴潮。

擁有雙重人格的冤賴潮。

「會有東西跳出來！別要去！」

「媽的！別要像那個和尚一樣囉嗦好嗎？就看看是誰住在這裡！」

他再次自言自語。

304號房的門打開，他看到了另一道門，而且是比木門更堅固的鐵門。

冤賴潮想打開它，卻被重重鎖著。

「是誰住在這裡？」

「一定是鬼！鬼住在304號房！」

突然！他聽到房間內傳來了腳步聲！是……走樓梯的腳步聲！他看著門下的縫隙，房間內是亮著燈！

一間只有四十呎的房間，怎會有樓梯？！

「有鬼！一定是有鬼！快走！」

這次不只是怕鬼的冤賴潮，就連天不怕地不怕的另一個冤賴潮也害怕了。

他離開了304號房，走去洗手間。

冤賴潮在尿兜小便，在他的背後傳來了開鐵門的聲音……

他的手在抖顫，尿也灑錯了位置。

「不如去看看吧。」

「不要！是鬼！一定有鬼！」

「我們躲起來看，不會有事的！」

冤賴潮手也不洗，偷偷在洗手間探頭看著304號房……

不久，有一個人從304號房間走出來！這個人他也曾經見過！

他正抱著一個小孩，小孩的面色已經發紫，很明顯已經死去，這個小孩就是孖生兄弟的弟弟……

張德！

「不是鬼！是人！是他！」冤賴潮心中想。

冤賴潮等那個人離開後，再次走到304號房，門隙下已經再沒有燈光，鐵門還是重重地鎖著。

「算了，先回房間吧！」冤賴潮說。

他走回自己的房間，就在他關上門之際，他聽到走廊外有小孩跑過的吵鬧聲。

冤賴潮再次偷偷打開大門看……

他看到……

一對孖仔在走廊回去307號房！

「什麼？！」

他搓搓自己的眼睛，他看到的其中一個小孩，就是剛才已經死去，被那個男人抱著的男孩張德！

冤賴潮這次真的……見到鬼！

……

…

.

兩天後，306號房，黃奎安的房間。

四十呎的劏房內，坐滿了四個人，他們分別是窮三世、甲田由、程黛娜，還有黃奎安。

黃奎安把自己患有不老症的事告訴了他們，同時把一直調查聖比得住宿之家大廈的事，通通告訴他們。

「你知道的比我們更多。」窮三世看著牆上貼滿的相片。

「為什麼……要找我們……為什麼要把調查的事……告訴我們？」甲田由問。

「對，為什麼也叫我來？」程黛娜同問。

「我知道窮三世與甲田由你們也在調查這大廈。」黃奎安說：「而程黛娜妳算是比較正常的住客，所以叫妳來。」

他們看著只有八歲外表，臉上卻有皺紋，聲線像成年男人的黃奎安，感覺有點詭異。

「我覺得，現在聖比得住宿之家大廈……」黃奎安說：「可能有更多人已經死去！」

黃奎安說完後，他看著三人的反應。

他也不會絕對相信這三個人，始終黃奎安未完全了解他們的過去。不過，他需要更多人一起合作，才可以作出更全面的調查。

「有更多人死了？為什麼你這樣說？」程黛娜問。

黃奎安把一些相片遞給他們看。

「101號房、201號房、204號房，這幾天沒有出過房門，而且放在門外的食物也沒有碰過。」黃奎安解釋。

窮三世看著牆上的相片，101號房戶如呂、201號房趙九妹、204號房紫向風。

「可能他們……已經……已經搬走了？」甲田由說。

「不可能，如果是搬走了，包租婆就不會把食物盤放在門外。」黃奎安說。

「那去問問包租婆不就可以？」程黛娜說。

「包租婆都很有問題，她根本不會說出真話。」黃奎安說。

「她有什麼問題？」窮三世問。

「我想你們知道，在這裡住的人都是……通緝犯。」黃奎安直接說出來。

他們三人煞有介事沒有回答，卻心中有數。

「把一班通緝犯聚集在一起已經很有問題。」黃奎安說。

「包租婆……只是想幫助我們……不能這樣想嗎？」甲田由知道包租婆兒子的事。

「你可以這樣說，不過，我可以肯定我們這些人就算死了也沒有人會來找我們，你不覺得是這樣嗎？」黃奎安提出了重點：「對於『殺人』來說，不就是更方便嗎？」

的確，他們都知道自己的身世，就算有什麼不測，根本就不會有人會找上自己。

他們沒有說出來，心中卻有答案。

「包租婆絕對有挑選過入住劏房的人，先不要說她是怎樣有門路找上我們，我肯定她背後一定有人在幫忙，而這個人，才是聖比得的幕後主謀！」

黃奎安補充：「現在因為我們通緝犯的身份，就算大廈出現了什麼兇殺案也不會報警，我覺得包租

婆說報警與安裝閉路電視，都只是想試探我們，她根本知道，我們不會這樣做。」

「你的意思是……」窮三世：「所有事都是包租婆的安排？一早已經安排好？」

「我的想法就是這樣，沒有其他原因。」黃奎安說：「我找你們來就是想更多人加入一起調查，當然，你們也可以搬走，不過，如果我們還有其他地方可住，根本就不會住在這鬼地方。」

「要我們一起調查？」程黛娜問。

「這只是找你們的其中一個原因，還有更重要的就是我們四個人都認識，就會有照應，這樣在這裡住下去都會比較安全。」黃奎安說。

「我怎相……相信你？你為什麼被……通緝？」甲田由問。

「我錯手殺死了我的媽媽。」黃奎安說。

他沒有隱瞞自己的罪行。

因為黃奎安想先說出真話，才可以得到大家的信任。

他們三人也瞪大了眼睛看著他。

黃奎安是一個養不大的孩子，他的父親很早已經拋妻棄子離開了他們，他的母親也患上了精神病，經常毒打黃奎安。

黃奎安媽媽還以為黃奎安只是一個八歲的男孩，一直打一直打。

就在五年前，黃奎安本來想拿刀嚇嚇他的母親，卻……

錯手把她殺死。

「我的確是殺了她，不過這是意外！」黃奎安舉起了雙手：「我被她長期毒打，因為我只有八歲小孩的體力，有時還會被吊起來打。當她死了之後，我的確有一點點心情放鬆了。」

「如果你是錯手殺死她，你根本不需要逃走，不是嗎？」窮三世說。

「誰會相信一個三十八歲卻只有八歲身體的男人？」黃奎安無奈地說：「傳媒一定會大肆報導我是冷血的殺人魔，你有看過電影就知道了吧。」

「我……我明白你的……感受！」甲田由知道他的身世後，有點同情他：「我也是因為詐騙被通緝……如果被捉到……我……我解釋什麼也沒有用！」

「你們不需要跟我說明自己為什麼被通緝，我只想坦白，好讓你們可以相信我。」黃奎安笑說：「更何況，我對你們根本不是威脅，你們怎樣也很容易對付一個只有八歲體格的細路吧。」

黃奎安坦白了自己的事，他們三個也放下了一點戒心。

「你要我們合作調查，有什麼要做？」程黛娜問。

「首先我們一定要有互相聯絡的方法，然後就開始調查。」黃奎安把一張住客圖拿了出來：「現在，103號房、106號房、207號房、304號房，還有兩間天台屋，我還未知道是誰入住，我們就先調查一下。」

黃奎安指著包租婆的天台屋：「另外，就是要調查一下包租婆，她一定隱瞞著什麼，我很想知道。」

「等等。」程黛娜說：「其實為什麼要調查？我意思是為什麼我要跟你一起調查？」

「一是我們可以互相幫忙，二是如果想繼續住下去，我們一定要搞清楚現在的情況，如果每日還要提心吊膽地生活，我真的寧願睡在天橋底，妳說對不對？」黃奎安解釋。

當然，程黛娜絕對不想睡在天橋底，怎說四十呎的劏房也比天橋底好。

他們交換了手機號碼，代表合作的協議達成。

「如果各位發現什麼奇怪的事，又或是遇上危險，立即通知對方。」黃奎安說。

他們三人也點頭。

「重點是包租婆，要知道所有的來龍去脈，我覺得她會是一個關鍵。」黃奎安說。

窮三世跟甲田由對望，輕輕搖搖頭，黃奎安沒有注意到。

他們兩人比黃奎安知道更多有關包租婆的事，不過，暫時他們還未完全相信黃奎安，所以不會告訴他。

「包租婆方面，由我去調查吧。」窮三世說。

「好。」黃奎安說。

「我會調查一下……106號房究竟是住了誰，看看會不會……會不會跟事件有關。」甲田由說。

「我調查207號房。」程黛娜說。

「很好，那我就調查304號房，這間劏房很古怪，有兩道門。」黃奎安說出了發現304號房有多一道鐵門的事。

他們也覺得很奇怪。

「還有，這個黑影。」黃奎安把一張拍到的相片給他們看：「這是302號房陳美桃被殺時，即是第一單謀殺的那個晚上拍到的，那晚凌晨陳美桃出事了，這個黑影很有可能跟陳美桃的死有關。」

黑影根本看不清楚是誰。

「等等，為什麼你會拍到？」窮三世問。

「我二十四小時都帶著相機，那晚我正好夜歸，拍到這個黑影走過。」黃奎安說。

黃奎安也沒有說謊，他拍到的相片很多都是偷拍的，他們都看得出來。

他們三人一起看著相片。

「穿著深色的皮褸。」程黛娜細心地看著：「皮褸後面好像寫著字……K3？是品牌名稱？」

「不像是女生，身形……身形都幾高大。」甲田由說。

「我比對過我所知道的住客名單，不像是其中一人，就像是……『不存在的住客』一樣。」黃奎安說。

一聽到「不存在的住客」，他們的心中出現了一陣寒意。

窮三世沒有說話，只是呆呆地看著這張黑影相片。

看著相片，他的手在震，心跳加速！

「窮三世你發現了什麼？你認識這個人？」黃奎安問。

「沒……沒事，我不認識。」他微笑說。

窮三世把相片遞回給黃奎安，他的手……還在抖震。

聖比得住宿之家大廈

（第五章更新）

ROOFTOP

02 天台屋
???

01 天台屋
包租婆/
蓉芬依
56歲

3／F

304 號房
???

303 號房
訕坤
52歲

302 號房
陳美桃
30歲

301 號房
冤賴潮
28歲

2／F
（女子）

204 號房
紫向風/
風風
21歲

203 號房
巫奕詩
45歲
、沾沾仔

202 號房
東梅仙
38歲

201 號房
趙九妹/
狗婆
76歲

1／F
（男子）

104 號房
毛大岡/
毛叔
65歲

103 號房
神秘人
不詳

102 號房
王烈杉/
彬仔
32歲

101 號房
戶如呂
67歲

03 天台屋
???

308 號房
郭首治
35歲

307 號房
張基、張德
8歲

306 號房
黃奎安
38歲

305 號房
書小媱/
小小
11歲

208 號房
程黛娜
26歲

207 號房
???

206 號房
白潔素
31歲

205 號房
何法子
40歲

108 號房
窮三世/
三世
25歲

107 號房
甲田由/
漏口仔
24歲

106 號房
???

105 號房
周志農/
肥農
45歲

CHAPTER 06

偷窺

VOYEUR

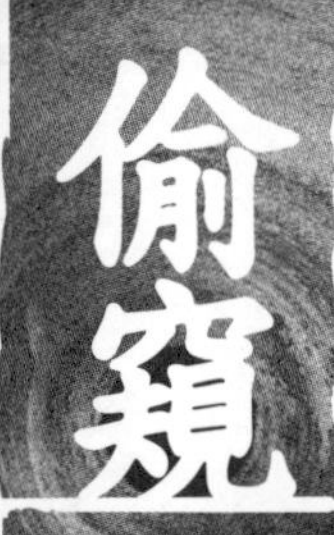

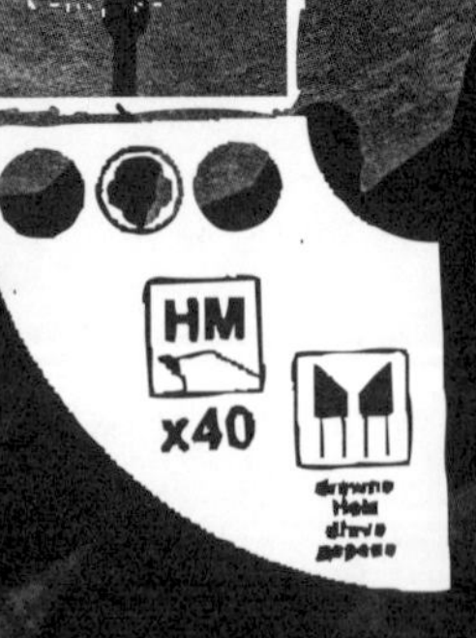

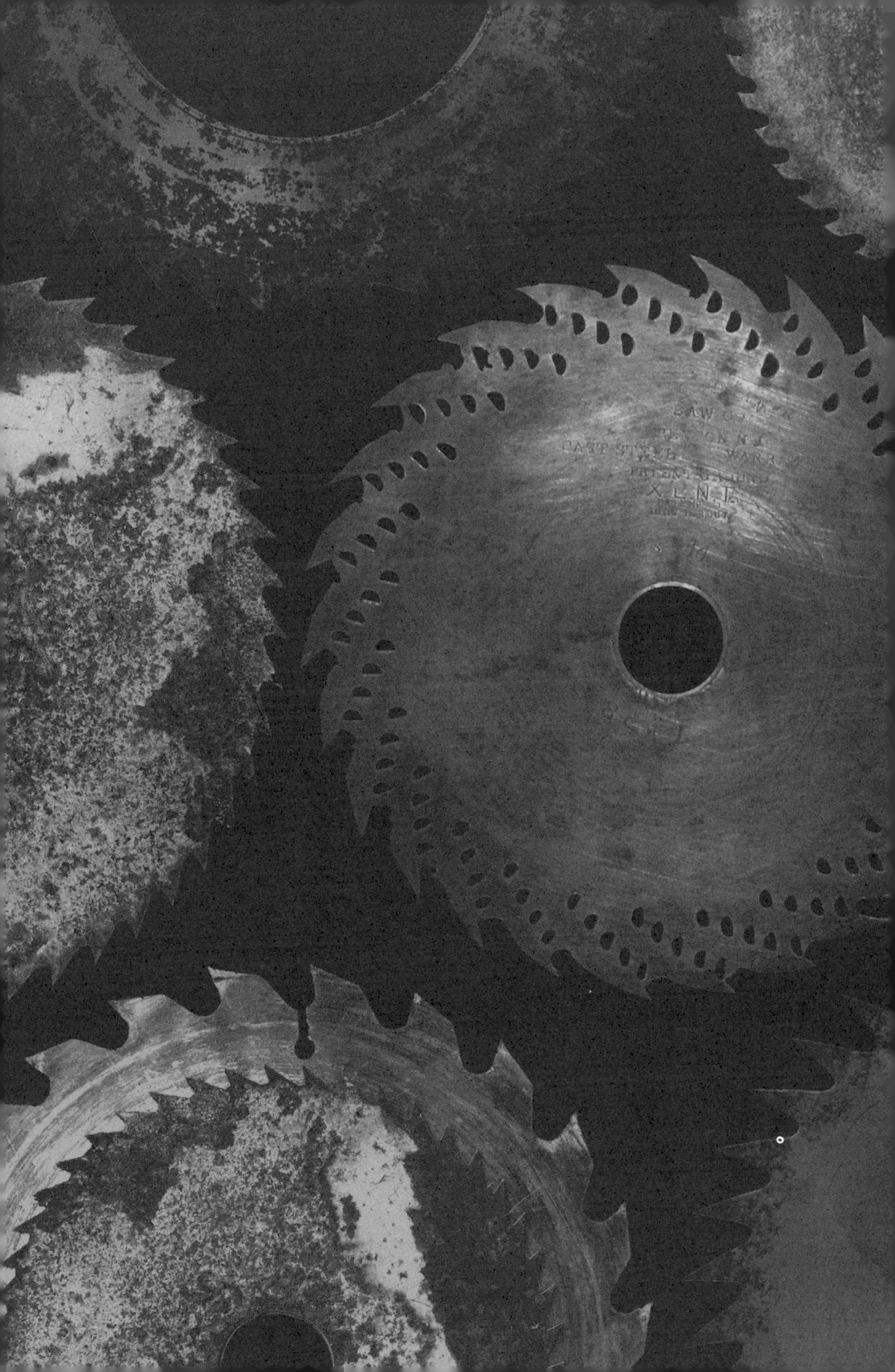
X.L.N.T.

CHAPTER 06

偷窺

VOYEUR 01

「106」。

我喜歡這個數字。

我曾經住在十樓的06室，也是十月六日出世，沒想到，現在連住在劏房都是106號房。

「誰不想寫這樣的故事？哈哈！」我滿心歡喜在簿上寫著。

我不喜歡用電腦打字，我喜歡親手寫屬於我的小說故事。

我叫連成鎮，今年三十四歲，我是一名小說作家。其實也不能說是小說作家，因為我自資出版的第一本小說，一共賣出了四十八本，沒錯，印了一千本，只賣出了……四十八本。

其他的九百五十二本小說，三星期後，出版社的編輯打電話給我，因為書局退書，如果要在他們的地方把書存倉，我額外要給他們存倉費。不過，還有另一個選擇，就是把我用心寫作的小說銷毀。

去你的！我花了多少個晚上才寫出來的小說，他們說要拿去銷毀？

他們有沒有尊重過我的文字？

有沒有尊重過我這個作家？！

好吧，因為我沒有多餘的錢，最後決定把小說銷毀。

沒辦法，現實世界就是最現實的，誰會可惜我那九百五十二本小說永遠消失？

根本沒有。

我第一本小說叫《籠屋》，是講述男主角在五六十年代住在籠屋的生活故事。

或者，我送給人也沒人想看。

明白的，我明白的，一個沒有名氣又不懂宣傳的作家，不會有人喜歡我寫的小說故事，或者，那個某某明星，一個字也不寫就出書，也會比我賣多好幾百倍，甚至幾千倍。

我反而要多謝買了《籠屋》的那四十八個讀者，他們一定是瘋子，竟然買一位名不經傳作家的書。

有時當我想到自己的處境與際遇，都會不禁哭出來。

不過，我不會放棄的。

絕不放棄！

我已經開始了新的小說故事。

「誰不想寫這樣的故事？哈哈！」我再次自言自語。

在聖比得住宿之家大廈發生的故事，簡直比小說更他媽的精彩！

精彩一萬倍！

其實，我的真正職業是一位……電工，有時還會修理一下門鎖。

我看到廣告，決定來這裡租房住，四十呎地方，一千二百元租，那裡可以找到呢？我想也不想，立即跟包租婆說要入住。

她當時問我會不會有親人來探我？

去你的，我一個親人也沒有，會有誰來探我？

在聖比得住宿之家大廈，所有有關「電」的東西，都是由我來修理，換來的，就是不用給包租婆一千元的伙食費。

當然，「工作」換來的報酬，比一千元的伙食費，不知多幾多倍。

因為我每天都可以看到……真人SHOW！

他媽的真人SHOW！

聖比得所有劏房的燈泡都是我更換的，我在每一個燈泡做了手腳，在天花上的變壓火牛內，都安裝了我偷回來的一批賊贓……針孔攝錄機。

根本沒有人會發現！

每一間房間內的情況，我都一覽無遺！

血腥、暴力、色情、私隱等等，通通都被我看得清清楚楚！每一個角落、每一位住客、每天發生的事，他們的一舉一動，都盡入我的眼簾！

「太太太太他媽的精彩了！」

我拿出了iPad，看著每一間劏房內的畫面。

嘿嘿嘿嘿。

我已經想好了第二本小說的內容，書名叫……

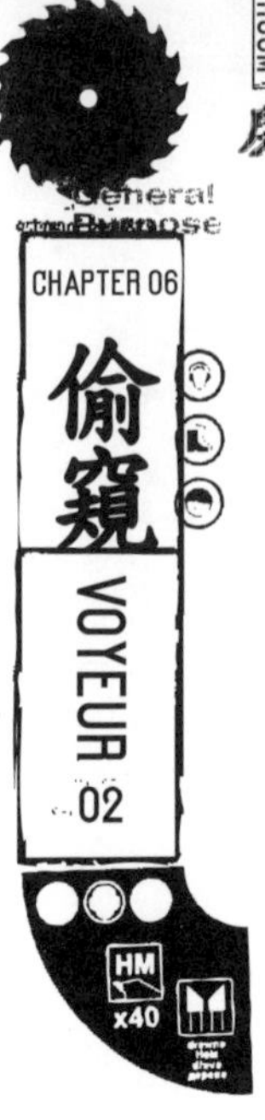

這一晚，我準備了爆谷、汽水、魷魚絲，看電影的最佳零食。

因為 Netflix 的出現，我都已經習慣在家看電影和電視劇；不過，最近連 Netflix 也不看了，我只沉迷著我的「直播頻道」。

這晚，要看的好戲就在104號房，那個毛叔的劏房。

「媽的，會不會太過份了？」我一手拿起爆谷放入口中咀嚼。

104號房的毛叔，赤裸地被綁在椅子上。

「怎樣了？沒有聲的？！」我拍拍手上的 iPad：「真過份，一定是攝錄機出現了問題，找天要去修理一下！」

雖然沒有聲音，不過也無損畫面的……震撼！

「呀……我也感覺到痛！痛！痛呀！」我摸著自己的下體。

105號房的肥農，用一把一點都不鋒利的餐刀，把毛叔的那話兒慢慢地割下，毛叔痛苦得面容扭曲，卻被封箱膠紙封著嘴巴，叫也叫不出來！

肥農用了不少時間，「細心」地把那話兒割下，然後拿在毛叔面前揮動。

那話兒被割去後，來到了那兩顆東西，我看著畫面，也感覺到痛楚！

「黐線！」我拿起汽水喝了一口：「一刀插入去，然後向下割！就掉出來了！」

沒理由的，就算被封箱膠紙封口，這樣的痛楚一定會發出聲音吧？肥農不怕被其他人聽到嗎？

然後，我把畫面拉大，還好，那批「老鼠貨」針孔攝錄機是4K高清，可以讓畫面放得很大。

我看到毛叔的喉嚨原來已經開了一個洞，他完全沒法叫出來！

「這個死肥仔，怎會這麼有腦？會不會是住在305號房的書小媱教他的？」

我非常清楚這裡住客之間的關係，肥農對付毛叔，原因跟殺死101號房的吸毒大叔戶如呂一樣，肥農要殺死「沾污」書小媱的男人！

最有趣的，肥農從來也沒有上過那個書小媱，他是真心喜歡她，只想為書小媱殺死那些男人。

「愛真的很偉大呢。」我感慨地說。

就在此時，肥農竟然收起了餐刀，不知跟毛叔說了什麼，然後離開了104號房。

「有沒有搞錯！這樣就完了嗎？快回水呀！回水！」

啊？等等，其實我也沒有給錢看戲，回什麼水？唉，不過今晚還準備了爆谷汽水，本想欣賞精彩的直播，現在沒戲看了。

或者，那個肥農不想一天就完成他的「傑作」，分幾天玩更加好玩！

就在我非常失望之時，104號房的門再次打開。

毛叔看到這個人時，全身都在顫抖！比見到肥農更恐慌！

「什麼……」我把 iPad 放近看。

這個人用刀插入毛叔的身體，一刀、兩刀、三刀……數不清的次數，已經看不到傷口，因為傷口已經被鮮血完全掩蓋。

「這個是……」我看著行兇的人。

我覺得奇怪的不是毛叔如何被殺、被捅了幾多刀，而是……

我從來沒見過這個「男人」！

他是誰？

一直以來，我偷窺每一個住客的生活，我非常清楚在聖比得住宿之家大廈內，每一個住客的外表與樣貌，不過……我真的從來沒見過這個男人！

他為什麼會在104號房出現？

他也是這裡的住客？還是外來人？

不，不可能是外來的，在大門的針孔攝錄機從來沒拍到有陌生人進入聖比得。

這個男人……究竟是誰？

為什麼要殺死毛叔？

他又住在哪裡？！

昨晚有點失望。

因為出現了一個我不知道身份的人，讓我整晚都睡得不好。

不過，今晚就真的精彩了，真的回本了，哈！

303號房。

那個叫詘坤的和尚，還有……202號房的東梅仙！

和尚大戰變性人！

「大師，你應該禁慾了好一段時間吧。」

東梅仙走到正在打坐的詘坤身邊，她摸著他的光頭。

「啊？大師你頭上有很多疤痕，好Man！」

「施主，請妳別要這樣。」詘坤合上眼睛念著：「色即是空，空即是色……」

「你是怕我還是男兒身嗎？放心吧，我已經完全做完了變性手術，我是一個完完全全的女人。」

東梅仙在他的耳邊說。

東梅仙雖然是變性人，不過，她整容後的確像泰國那些變性人一樣漂亮。

「來吧，別要忍，我可以任、你、處、置！」東梅仙在詘坤耳中吹氣。

同一時間，她的手已經移向詘坤的下體，詘坤輕輕的握著她的手臂。

詘坤開始有所行動！

「和尚啊！和尚啊！你還是忍不住了嗎？」我吃著海鮮杯麵說。

正當我以為詘坤會來一個用力的熊抱，再把東梅仙的衣服脫下之時，意想不到的情況發生！

「去你的死人妖！鬆開妳的臭手！」一向施主前施主後的詘坤突然變成了另一個人。

不，應該是說，他變回了本來的自己！

「死光頭佬，鬆開你的手！」

東梅仙快速拿出一把摺合刀，在詘坤的手臂上擦過！詘坤手臂流血，立即縮開手！

如果東梅仙要做「那件事」，為什麼要帶著一把刀？更有可能，她的目的不是勾搭詘坤，而是在他最沒有防備之下，用刀……插死他！

「精彩！他媽的精彩！」我興奮得把手中的杯麵打翻。

詘坤看著自己流血的手臂：「賤人！死人妖！我已經決定不再殺人，看來……我要破戒！」

東梅仙也沒想到本來和善的詘坤，突然一百八十度轉變！

如果在詘坤毫無防備之下，東梅仙絕對有可能得手殺了他，但現在她知道自己不是他的對手，想立即逃走！

東梅仙想打開門之際，詘坤用力一踢，大門再次關上。

然後他用孔武有力的手臂勒著東梅仙的頸！東梅仙想用刀向後刺他卻落空，被詘坤一手把摺合刀打飛！

「我沒跟妳說過嗎？我還未出家之前，在黑市打拳，我徒手就可以殺死一個人！」詘坤咬牙切齒地說。

「放……放開……我……」東梅仙被緊纏著頸部，快要窒息。

「太遲了！」

詘坤下一個動作，他把頭伸向東梅仙的左肩，他想做什麼？他想吻她？

錯了！他用口咬著東梅仙的耳朵，然後用力一扯，把她半隻左耳扯了下來！

血水就如有生命一樣，從東梅仙的左耳噴射而出！

東梅仙劇痛地大叫！

「血真香！太久沒品嚐過血的味道！」訕坤舔著嘴巴說。

沒法反抗！

東梅仙手無縛雞之力，她連反抗的力量也沒有！本來是她想殺死訕坤，現在反過來被殺！

訕坤手臂再加力，但他突然……力不從心。

甚至眼前的景物開始模糊！

他猛力搖頭，卻沒法讓自己清醒！

東梅仙用後腦用力一撞，訕坤鼻骨碎裂，整個人向後退，倒在地上！

「媽……媽的……」東梅仙第一時間不是攻擊訕坤，而是拾起地上血淋淋的半隻耳朵：「你知道整容有多貴嗎？要用多少錢嗎？！去你的！」

訕坤完全沒把她的說話聽進耳內。

「放心吧，你將會死、得、很、慘！」

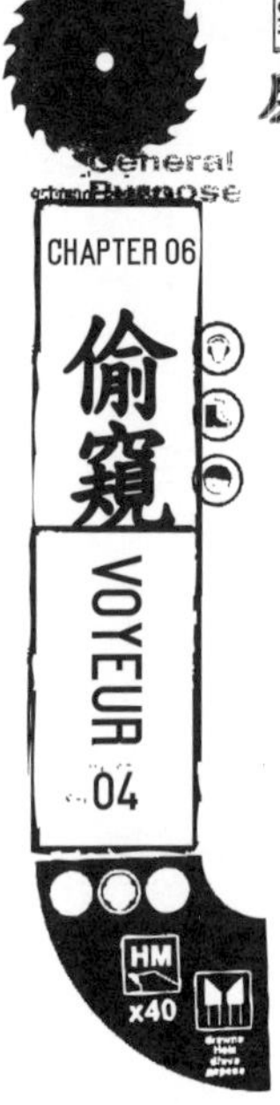

詘坤，本來是一位非常厲害的拳擊選手，不過，因為一次打黑拳被發現，被永久取消參賽資格。

他轉戰黑市拳賽，在某次比賽中，對手已經認輸，他卻繼續攻擊，裁判加上工作人員上前也沒法阻止他，詘坤活生生打死了對手，後來被警方釘上，成為了殺人的通緝犯。

他躲了一年後，遇上了一位佛家大師，出家成為了和尚。可惜，他殘暴的本性沒有改變，在一次和尚之間的糾紛中，他殺死了三個同門和尚。

詘坤知道自己鑄成大錯，已經走頭無路，最後得到包租婆的幫助，來到了聖比得住宿之家大廈入住。

他想在這裡收心養性，不再跟凡塵有任何的關係。

看來，詘坤真的成功了……

他將要……永遠離開凡塵。

……

……

303號房內。

東梅仙已經把詘坤兩邊的耳朵跟十根手指切去，不夠，她還未玩夠。

痛苦得死去活來卻沒有出聲的詘坤，只能眼巴巴看著東梅仙繼續虐待自己。

「放心吧，那些藥只會讓你迷迷糊糊，但你還是會感覺到痛楚，他媽的強烈痛楚！」

東梅仙的妝容已經掉了大半，她的樣子加上血水，讓她變得像女妖怪物一樣。

為什麼詘坤會變成這樣？

因為東梅仙進入房間之時，在身上噴了一種無色無味帶毒的香水，當然，她自己早已吃了解藥。

藥力可以讓人變得乏力，而且意識會迷迷糊糊。

她才不會沒有準備而來！只是她想不到詘坤的體格這麼好，藥力發揮得慢，還未見效，自己就要賠上了半隻左耳。

正當106號房的連成鎮欣賞著東梅仙虐殺詘坤的過程，突然有人敲他的房門！

他非常緊張，立即靜了下來！

「請問……是不是……有人在？我是107號房的住……住客，有事想找你。」

連成鎮立即把iPad的303號房畫面轉換，轉到一樓走廊的針孔攝錄機，他看到自己房門前站著兩個人。

是窮三世與甲田由！他們是想來調查106號房住了什麼人。

「好像沒有人。」窮三世說。

「不，剛才我……好像聽到有……有笑聲。」甲田由說。

「之前說有哭聲，現在又說有笑聲，我什麼也聽不到，會不會是你聽錯？」窮三世看著門下的縫隙：「而且也沒有開燈，我們走吧。」

連成鎮耳機傳來了他們的對話，他看著門下的縫隙，影子離開，畫面中的他們也離開。

「媽的，他們要來找我了嗎？」

連成鎮一直也不想別人知道自己住在106號房，就因為他可以看到其他住客的活動情況，所以可以避開跟任何人見面與接觸。

「想找我嗎？你們自己大禍臨頭也不知道呢，嘰嘰。」連成鎮看著 iPad 中，空無一人的走廊：「最好看的小說，就是情節意想不到的故事。」

直至現在為止，他是「最清楚」在聖比得住宿之家大廈發生所有事的人，他甚至比包租婆知道得更多。

當然，他可以選擇阻止一切悲劇發生，不過他決定袖手旁觀，等著看戲。

像不像生活在這個繁榮社會的人？

像不像……「你」？

大部分人都會寧願「食花生」，說些風涼話，然後……**見死不救**。

連成鎮把 iPad 調回 303 號房，繼續欣賞那場精彩的虐殺好戲。

山腳下，深記士多。

「大文！你好像又找錯錢！」深記士多另一個伙計小張說。

大文是我給他們的假名。

「有嗎？」我完全不在意：「好像是。」

「你再這樣下去，那個惡死老闆又會罵你！」小張說：「你為什麼總是心不在焉的？有次我見士多門前有警察經過，你好像很緊張似的，老實跟我說吧，其實你是不是偷渡客？我不會告訴其他人！」

「偷渡？偷你個屁，我土生土長香港人。」我看著傻頭傻腦的小張。

「聽說你一個月只有六千五元，真的很慘！」小張說。

「你呢？你有多少？」

「六千八。」

我對他笑了一笑，不想再回答他。

在深記士多工作了一星期，老實說，白痴才會做這份工作，不過，讓我可以暫時離開一下聖比得住宿之家大廈，也算是好事，不然，或者我已經瘋了。

那晚，在306號房，黃奎安給我們看的那張相，我完全被嚇呆了，看來我要快點「處理」一下。

「振柳強，你這個死仔去了哪裡？」我在手機發 **WhatsApp** 給他。

振柳強是我唯一的朋友，他知道我的所有事。如果要說，我殺了一個人，需要一個朋友跟我一起「埋屍」，他就是這個朋友。

本來，我是住在他的家躲起來，不過他的家人旅行回來，我只好另找居住的地方。其實，當時我選擇離開有另一個更重要的原因，就是我不想把他牽連在我的事件中。

就算他想替我埋屍，我都不想他幫手。

本來我想把劏房的所有事情都告訴他，他是我人生中最信任的朋友，可惜，我跟他已經失去聯絡兩星期，振柳強很少會這樣突然失蹤。

「花柳，你死去哪裡了？」我輸入了一個屎的 **Emoji**。

「又有人自殺了，最近真的很多人自殺。」小張看著手機說。

不是最近多人自殺，而是現在自殺案多媒體會報道，用來騙讚，才會誤以為多了人自殺，其實在這個壓力爆炸的城市生活，一直也有很多人自殺。

自殺最後被利用來騙讚，不知道死者知道會有什麼感受呢？

我也不想跟這個頭腦簡單的小張多解釋，我只是看看他手機上的新聞……

「什……什麼？」我整個人也呆了：「把手機給我！」

「你自己沒有嗎？為什麼要我的手機！」

「去你的！我叫你把手機給我！！！」我大叫。

小張被我嚇到，然後把手機給我看。

「今晨，發現振姓男子，二十八歲，於筲箕灣住所中上吊死亡，其家人稱因去旅行回來才發現屍體，經警方調查後，振姓男子已死去一星期，在他家中沒發現打鬥痕跡與財物損失，警方會循自殺方向處理……」

筲箕灣……振姓男子……二十八歲……

那張被打上薄格的相，我絕對不會認錯，他是……

振柳強！！！

他在家中自殺死去？

不可能！

兩星期前我才跟他聯絡過，他根本沒有輕生的念頭！就算他想死，他怎樣也會先聯絡我，絕對不會一聲不響就自殺！

究竟……發生了什麼事？！

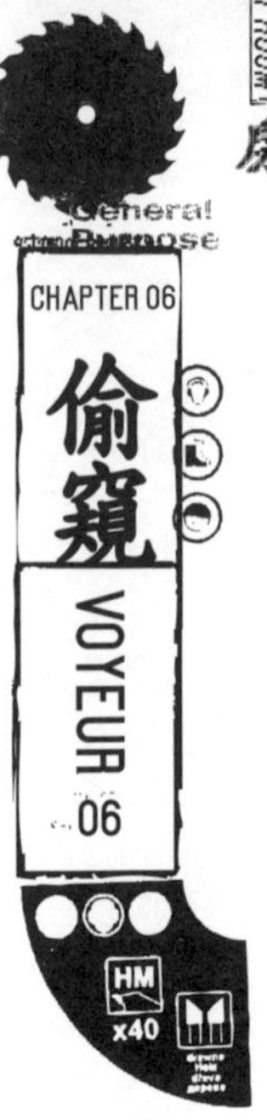

二號天台屋。

這裡，沒有任何的照明工具，這代表了「無所不知」的連成鎮，也不會知道二號天台屋發生的事。

一個男人，還有包租婆正在二號天台屋之中。

「很好，暫時死了……七個。」他說。

包租婆沒有說話，只是在打掃房間。

「實驗非常成功，人類的黑暗面、禽獸行為與人性醜惡通通都表露無遺。」他高興地說：「實驗繼續進行！」

「還要……繼續嗎？」包租婆停下打掃。

「當然，現在才是實驗第一步，我還想知道『人性的光輝』會不會在絕境中出現？還是趨向完全毀滅。」

「但……」包租婆已經不知說什麼好：「現在連毛叔也死了……」

「對，是我殺的。」

「什麼？！」

「妳知道嗎？當他見到我時那個見鬼的表情，真的他媽的有趣！」他瞪大了眼睛說，就像回味著殺人的一刻。

「為什麼要殺死他？他……」

他走向了包租婆，包租婆心中一寒，退後了半步。

他……彎下腰緊緊擁抱著包租婆。

「媽，妳知道我一直也很愛妳的，對吧？妳一樣也愛我？」他溫柔地說。

包租婆在他的胸中點頭。

她叫包租婆做媽媽？

包租婆的兒子瑞口智不是已經死了嗎？抑或她還有其他兒子？

她當然知道現在所做的一切都是錯的，不過愛子心切的她，又怎會不站在兒子的一方？

包租婆沒有選擇。

不，應該是說包租婆已經選擇了，選擇了只要兒子得到快樂，她可以為他做任何的事。

愚忠的母愛。

「好了，我先走了，有需要我會再來找妳。」他雙手溫柔地放在包租婆兩邊的臉頰，然後彎下腰說：「別忘記，我是最愛妳的。」

包租婆微笑地點頭。

他離開了二號天台屋，包租婆繼續打掃，一面微笑一面掃著地上的灰塵，心中想著有這樣愛自己的兒子，真的很幸福。

無論有幾多「其他人」死去，她也不在乎，都同樣地感覺到幸福。

三十秒後，二號天台屋的門再次打開。

「你是不是忘了拿什麼？」包租婆用白布抹著一個書櫃的玻璃：「還是要媽媽跟你說很愛你才肯走？呵呵！」

他沒有回答，慢慢走近包租婆。

包租婆從書櫃的玻璃看著，她看到……

不是自己的兒子！而是一個穿著深色皮褸的人！皮褸背後印著K3！

包租婆立即轉身！

一把軍刀已經插進了她的喉嚨！

「你……你……」

包租婆吐血，說不出話來！

「對不起，妳知得太多了。」他說。

包租婆完全不知道發生什麼事！她只能用一個驚恐的眼神看著這個人！

同一時間。

剛才的那個「孝順仔」，在二號天台屋外抽著煙。

他不知道有另一個人走進二號天台屋？

不，他當然知道。

而且是他安排這個人走進天台屋，然後……把包租婆殺死！

「現在死比之後死幸福多了，至少，妳死前還覺得，世界上有一個孝順妳的兒子。」他說：「媽，安息吧。」

孝順的他，把煙頭掉下。

頭也不回離開了天台。

聖比得住宿之家大廈

（第六章更新）

ROOFTOP

02 天台屋
空置

01 天台屋
包租婆/
蓉芬依
56歲

3 / F

304 號房
???

303 號房
詘抻
52歲

302 號房
陳美桃
30歲

301 號房
冤賴潮
28歲

2 / F
（女子）

204 號房
紫向風/
風風
21歲

203 號房
巫奕詩
45歲
、沾沾仔

202 號房
東梅仙
38歲

201 號房
趙九妹/
狗婆
76歲

1 / F
（男子）

104 號房
毛大岡/
毛叔
65歲

103 號房
神秘人
不詳

102 號房
王烈杉/
彬仔
32歲

101 號房
戶如呂
67歲

03 天台屋
???

308 號房
郭首治
35歲

307 號房
張基、張德
8歲

306 號房
黃奎安
38歲

305 號房
書小媱/
小小
11歲

208 號房
程黛娜
26歲

207 號房
???

206 號房
白潔素
31歲

205 號房
何法子
40歲

108 號房
窮三世/
三世
25歲

107 號房
甲田由/
漏口仔
24歲

106 號房
連成鎮
34歲

105 號房
周志農/
肥農
45歲

CHAPTER 07
兇手
MURDERER

SAW
X.L.N.T.

207號房。

從來沒打開過的房門，今天終於打開。

208號房的程黛娜決定幫忙調查，她來到了207號房，甚至不用敲門，大門已經打開了，好像知道程黛娜會來一樣。

「日子時間真的很準確。」207號房的住客說。

程黛娜不明白她的意思。

「別客氣，先坐下來吧。」她微笑說：「我叫富裕程，其實我不想跟父親姓，所以改了姓，嘻嘻！」

富裕程看似十七八歲，她的衣著就像那些動漫人物一樣，穿著JK制服，帶點可愛，本來遇上陌生人都有防備的程黛娜，都放下了戒心。

不過，這樣才是最危險的。

只有四十呎的房間，貼滿了動漫與手遊角色的海報，而且佈置得非常像少女的房間，滿滿的粉色擺設，很明顯，花了很多心機佈置。

程黛娜從來沒有想過，只有四十呎的空間，竟然可以給她溫暖的感覺，而且這個叫富裕程的少女，也完全不令人討厭，還有一份親切感。

「妳住在這裡多久了？」程黛娜問。

「也不是太久，不過我也不是經常來。」富裕程說。

程黛娜想起了，可以入住的住客都是通緝犯，她在猜想，這個叫富裕程的少女，犯了什麼事？

「妳真的很美，比我想像中美。」富裕程說。

「你見過我？」程黛娜問。

「我想……也不能叫真正的見過吧。」

「什麼意思？」

「那妳有沒有見過我？」富裕程反問。

「應該……沒有。」程黛娜說。

「就是了，可能妳見過我，但又忘記了，那又是不是真正的見過我呢？」富裕程可愛地微笑：「所以不需要太過介意這問題！」

程黛娜點點頭：「其實我來是想……」

「我什麼也不知道！」富裕程笑說：「就算我知道，也不能跟妳說，因為這是聖比得住宿之家大廈的『秘密』！」

她的回答很古怪，但程黛娜又不知道古怪在哪裡。

「總之，這幾天將會是最重要的時間，一切改變的開始。」富裕程突然把手疊在她的手背上：「依從妳的心去做每件事，依從你的心去選擇相信哪一個人。」

程黛娜下意識縮開了手，她覺得這個叫富裕程的少女愈來愈古怪。

「為什麼我從來沒見過妳？」程黛娜轉移了話題：「在飯堂也沒見過妳。」

「因為我從來也沒走出過這劏房！」富裕程說。

「什麼？那妳吃什麼？不用上洗手間？」程黛娜追問。

「我吃這個！」富裕程拿出一顆綠色的藥丸：「吃一顆已經很飽了！一顆已經包含了一百零八種蔬菜，妳要試試嗎？」

「不！我不要！」

程黛娜心中只想這個女的都是瘋子、怪人！在她身上也不會得到甚麼有關聖比得的線索，她決定了離開。

「我先走了，再見。」程黛娜走到門前。

「這麼快就走嗎？」富裕程有點失望：「難得可以見到妳……」

程黛娜沒有理會她的說話，快速離開關上大門。

剩房內，只餘下富裕程。

「我還想看看妳背上的蝴蝶紋身呢。」富裕程對著空氣說。

只有程黛娜認識的人才知道她背上的蝴蝶紋身，這個少女又怎會知道？

富裕程奸笑。

「妳要好好生活下去。」她說。

這幾天，包租婆沒有派送食物，住客都以為只是最近發生的事，讓包租婆病倒了，他們不知道，包租婆已經……死去。

204號房，已經死了幾天的紫向風發出了臭味。

已經被肢解的她，身上的「肉」都被巫奕詩拿走了，劏房內只餘下她的殘缺軀體和內臟，傳出了陣陣惡臭。

住在她對面的程黛娜叫了306號房的黃奎安和107號房的甲田由一起來看看。

「窮三世呢？他沒來嗎？」黃奎安問。

「他……他要上班……晚上才會回來。」甲田由說。

「嗯。」黃奎安然後跟程黛娜說：「紫向風在房間內？」

「我也不知道。」程黛娜說：「幾天前的晚上，我還未熟睡，好像聽到有人來過找她。」

「有沒有發生什麼爭拗與其他的聲音？」黃奎安問。

「應該沒有，很平靜。」

「應該是她認識或是相信的人來找她吧。」黃奎安說。

「門……門沒有鎖！」甲田由扭著門柄：「要進去嗎？」

他們兩人點點頭。

甲田由打開了大門，臭味湧出，他們只能用手掩著鼻子！

他們走進了房間，在他眼前是人類的殘肢和內臟，他們被嚇到向後退！

紫向風的頭顱已經不見了，血水濺到滿牆也是，地上的血水還開始凝固，看來她已經死了一段時間。

「她是……是紫向風嗎？」甲田由問。

「看來不會是其他人了。」黃奎安冷靜地蹲下來看：「我沒有估錯，有些住客已經死去。」

「是誰做的？」程黛娜不敢正視那堆殘肢和內臟。

「天曉得。」黃奎安說：「如果妳說當時沒聽到吵架的聲音，應該是認識的人所做的。」

黃奎安轉身看著程黛娜。

程黛娜也是紫向風認識的人之一。

「你們……看看這！」甲田由大叫。

就在屍體不遠處，有一個染滿血的……超級市場膠袋。

不用想，他們已經聯想到102號房的王烈杉！

「在這裡住下去……愈來愈危險！」甲田由驚慌地說：「不知道會不會……會不會有一天我會被殺！」

其他兩個人也沒有說話，他們心中也想著同樣的問題。

就在此時，一個小孩走向了他們，他是307號房的孖仔張基！

「別要過來！」程黛娜叫住了他，她不想小孩看到這噁心的場面。

可惜，已經來得太遲，張基看著房間內的殘肢及內臟，不過，他完全沒有任何感覺。

「我弟弟……不見了。」張基看著程黛娜。

「什麼？」

一波未平一波又起，孖生弟弟失蹤了？

「他是307號房的孖仔哥哥。」黃奎安說：「看來，又有事發生了。」

一直在調查的黃奎安，當然知道孖仔的存在，黃奎安走向張基，他們的身高差不多。

「小朋友，你把弟弟失蹤前的事……通通告訴我！」

晚上。

在204號房看到紫向風的殘肢後，我回到自己306號房。

我在重組著整件事的來龍去脈，同時，我想起了我的過去。

三十八年來，我從來也沒被人「需要」過。

因為我患上了不老症，一直也被人照顧，大家都當我是……「怪物」。

十來歲時，我喜歡過一個女生，我還以為她是真心喜歡我，不介意我的外表，最後才發現，我被玩了，還被拍下了裸體的照片，她的一大班朋友笑我是什麼「小雞雞怪物」。

二十來歲，我在一間幼稚園找到了工作，我以為終於找到一份正常的工作，沒想到，其中一個只有幾歲的女孩，說我摸她的下體，去你的！我對小孩完全沒有興趣，我已經是一個成年人！

結果我被解雇，還要接受心理輔導。

三十來歲，我終於做了一件，為我自己而做，感覺到光榮的事。

我不再需要別人的幫助與照顧。

我把一直虐打我的母親殺死。

那天，是我三十多年來，最快樂的一天。

來到聖比得住宿之家大廈，我再次有「被需要」的感覺。被需要是很重要的，因為這是我存在的意義。

由第一個住客死去後，我開始調查聖比得住宿之家大廈的秘密。

我一定可以調查到「真相」。

其實，我一直懷疑著「一個人」，他完全不像是事件的「開端」，不過，人類就是最懂得演戲與說謊的生物。

我甚至安排他在我的身邊，一起去調查事件，看看「他」有沒有什麼奇怪的反應。

或者，是我太低估了這個人，他完全沒有露出任何破綻，他的演技，簡直可以成為影帝。

直至孖生兄弟張基跟我說出了205號房何法子被殺的事後，我已經可以非常肯定「他」就是所有事情的「開端」。

當然，孖仔劏開何法子肚皮的事，張基也告訴我了，他們以為像劏青蛙一樣，只是一場遊戲。

不過，這不是我要調查的，我要調查的是這棟大廈的「秘密」。

如無意外，第一個死者302號房的陳美桃是他殺的，第二個死者205號房何法子也是他殺的，然後，就出現了互相廝殺的局面。

我知道「他」就是想出現這樣的局面，就像是一場實驗一樣，讓醜惡的人性發揮得淋漓盡致。

「他」為什麼要這樣做？我不知道，我只知道我已經找出他就是事件的……

「主謀」。

在204號紫向風的劏房中看到一個超市膠袋後，我直接去找102號房的住客，那個經常戴著超市膠袋的王烈杉。

我不怕他嗎？

怕，當然怕，不過，又不是只有他懂得殺人呢。

我當然有帶備武器。

當時向他查問殺死紫向風的事時，他直言不諱說是他做的，而且還好像很享受自己的「傑作」一樣。

我明白他的心情，因為當我看著媽媽躺在血泊之中時，也有這一份感覺。

王烈杉跟我說，是103號房的人叫他在聖比得玩遊戲……

玩殺人的遊戲。

而這個住在103號房的人，教唆王烈杉殺人的「神秘人」，原來就是……「他」。

然後，我在走廊遇上了301號房的冤賴潮，那個整塊臉都紋上了符咒的男人。

他說有一晚看到304號房有人走了出來，我給冤賴潮看相片，那個人同樣就是「他」。當時，他抱著張德的屍體，然後從走廊中消失。

也許，失蹤的張德，已經被「他」殺死了。

所有事情，通通都是由「他」而起，「他」就是整件事最關鍵的人。

然後，我用盡我的方法，終於找到「他」為什麼要躲在聖比得住宿之家大廈。

原來，「他」也是一個……殺人犯。

這一晚，我偷偷地跟著他。

他離開了聖比得住宿之家大廈，來到了前方的草地，在他的手上正拿著一個黑色的膠袋，膠袋內是什麼東西？

然後，他在一個用來燒冥鏹的鐵桶中點起了火。

他想做什麼？

等了一會，他從黑色的膠袋中拿出了一樣東西……

一件深色的皮褸。

背後寫著「K3」的皮褸！

他把皮褸掉入著火的冥鏹桶之中！

我立即走向了他大叫：「你想做什麼？想毀滅證據？」

「他」呆了一樣看著我！

同一時間，其他人也從聖比得住宿之家大廈走了出來，有些是跟我一起調查的住客，有些只是來看熱鬧。

「為什麼你會在這裡？」他問。

「不是我來問你嗎？殺死陳美桃與何法子的兇手！一切事件的『源頭』！」我比他更大聲說。

「你……你在說什麼？」他非常驚慌。

還要演戲嗎？

「第一個住客陳美桃死亡時，我在一樓拍到的相片，那個人就是穿著你那件K3皮褸！」我說：「是你殺死她的！」

「別要亂說！我才沒有殺死她！」

「那為什麼你現在又要……毀滅證據？」我問。

「我……我……」他欲言又止：「我也不知道發生什麼事！為什麼你會拍到有人穿著我的皮褸！所以我怕被誤會，才會想把它燒掉！」

「為……為什麼？」甲田由走上前：「你……你一直也在……也在欺騙我？」

「才沒有！我……」

「看來，有人快要被揭穿了，哈哈！」308號房的郭首治也走了過來：「殺人就殺人吧，有什麼好怕去承認？我也殺了201號房的狗婆，那個毒死野狗的賤人！」

我抬頭看了一看走到我身邊的郭首治，然後說：「你也只不過是他的其中一隻棋子而已。」

「什麼意思？」郭首治聽到我的說話後不爽。

「如果不是有兩個住客被殺，你會去殺其他人嗎？」我說：「就是因為他首先殺人，然後開始了互相殘殺！」

「才不是……我……是我主動殺死狗婆的！才不是他讓我殺人！」

一直以來冷靜的郭首治也變得憤怒起來，其實，我的說話絕對不會錯，他被「引導」了。

被引出最黑暗的人性。

「我明白了……」程黛娜看著那件皮褸：「我明白K3代表什麼了！」

在場的人也一起看著那件皮褸。

「K3」代表了一個人的名字，K等於Kung，3代表三……

……

…

.

窮、三、世！

「我……我沒有殺人！沒有！」窮三世怒吼。

「我已經調查過你的過去，你殺死了跟你一起工作的上司，然後才來到聖比得住宿之家大廈！」

黃奎安走近了他：「死因報告指出，死者被鐵鎚多次擊中頭部，頭骨爆裂至死，你說你沒有殺人？」

窮三世沒有回答他，雙眼通紅。

「102號房的王烈杉已經承認殺死了紫向風，他表示是一直躲在103號房的神秘人指使，那個神秘人就、是、你！至於204號房紫向風當時為什麼會開門給陌生人？因為你不是陌生人，是你去找她，她在沒有防範之下打開門！」

窮三世搖頭，還是不肯承認。

「第二個死者205號房何法子，當時你虐殺她後，307號房的孖仔張基、張德說是你第一個走出何法子的劏房。301號房的冤賴潮說有一晚看到你抱著張德的屍體，從304號房走出來！」黃奎安拿出更多的證據。

「你……你在說什麼？」窮三世表情無辜。

「還有你的K3皮褸，我想只有你會有這件皮褸吧？302號房住客陳美桃死亡那晚，我拍到的那個人就是……你！」黃奎安指著窮三世：「一切的開端都是你，究竟你有什麼計劃？為什麼要讓其他人互相廝殺？」

若要人不知，除非己莫為。

只要有做過「壞事」，就會有人找出你做壞事的證據。

窮三世百詞莫辯，而且沒法抵賴……

兇手就是他！

「對不起，我出賣你了，哈哈！」戴著超市膠袋的王烈杉高興地說。

「這個人很污糟！要清洗！清洗！」白潔素瞪大眼看著窮三世說。

「你殺死了我弟弟？是……你？」張基憤怒地大叫。

「九成是他！」包著左耳還在滲血的東梅仙和應：「不，是十成！」

窮三世選擇承認？還是繼續演戲？

不，他什麼也沒有說，他選擇了……逃走！

「別逃！」

在場的人立即追上他！

窮三世走入了樹林之內，躲在一棵大樹的後方，他完全不知道究竟發生了什麼事，他腦海一片空白！

「你怎樣逃也逃不掉的，如果你不說清楚，別想逃走！」東梅仙比其他人更快來到窮三世的前方。

窮三世本想向另一邊逃走，卻感覺到右頸一痛。

「別要亂走了，好好去睡一覺吧。」

郭首治躲在樹後，他在窮三世頸上打了一針！

藥力立即見效，窮三世還想逃走，可惜他全身乏力，走了兩步，倒在地上。

「找到了！」王烈杉大叫。

同一時間，王烈杉用力踢在窮三世的頭上！窮三世吐出了鮮血！

王烈杉繼續用力踩在窮三世的身體之上！

「我要殺了你！殺了你！」張基拿著不知從何來的一把刀，他準備向窮三世攻擊。

郭首治捉住他的手臂。

「先別要殺他，我們還有很多事要問他呢。」郭首治奸笑。

窮三世在昏迷前，只看到一班人圍著他……

一群兇殘的殺人犯包圍著他！

……

…

．

四小時後。

103號房。

窮三世終於清醒過來，他被困在103號房，雙手被索帶綁在身後。

「發生了……什麼事？」

他感覺到嘴巴痛楚，然後他吐出了血水，還有一隻牙齒！

窮三世坐在地上，看著空無一物的劏房，他回憶起昏迷前所發生的事。

就在此時，突然有一把聲音從102號房傳來。

從102與103號房牆上的小孔傳來。

「醒了嗎？」

這把聲音……

二樓的休息室。

這晚，應該是由聖比得開始租出劏房以來，最多住客聚集在一起的時候。

102 號房王烈杉、105 號房周志農、107 號房甲田由、202 號房東梅仙、203 號房巫奕詩、206 號房白潔素、208 號房程黛娜、301 號房冤賴潮、305 號房書小媱、306 號房黃奎安、307 號房張基，還有 308 號房的郭首治，一共十二人，聚集在一起。

一群殺人犯、強姦犯、通緝犯聚首一堂。

只有 106 號房的連成鎮與 207 號房的富裕程沒有出席。

「找不到包租婆了，他已經失蹤了幾天，也許已經死去。」程黛娜說。

「是誰殺死了她，舉手吧！哈哈！」東梅仙大叫。

沒有任何人舉手。

「現在你們還要隱藏嗎？」東梅仙不爽。

包租婆不在，代表了聖比得住宿之家大廈現在進入了……「無政府狀態」。

這裡的住客可以隨時拿出武器互相廝殺，不過，他們沒有這樣做，因為在他們心中有一個非常重要的問題……

他們絕對不是一隻棋子，他們先要知道，為什麼會被誘導殺人。

所有的答案，都在窮三世那裡。

「嚴刑逼供！」王烈杉提出：「我申請做逼供的人，嘿嘿。」

「我贊成！」張基大叫。

他們眾人看著只有八歲的張基，也許他連嚴刑逼供都不知道是什麼，卻說贊成。

「這樣……他會說出真……真相嗎？」甲田由問。

「他不說，我就先劈他的左手，然後是右手，之後是左腳……右腳……」王烈杉說。

「好像很好玩。」拿著兔公仔的周志農幻想到那個畫面。

他身邊的書小嫣看一看他，周志農低下了頭。

「不，就算逼他，他也有可能說出一些虛假的答案。」黃奎安說：「大家也不用隱瞞了，我們都是通緝犯，我更想知道包租婆讓我們入住，是不是跟窮三世引起我們互相廝殺有關。」

「其實……其實……我知道一件事。」甲田由說。

他把包租婆兒子的事，通通告訴大家。

「即是說本來窮三世也不知道包租婆讓通緝犯入住的原因？」程黛娜問。

「或者他也是在演戲吧，就讓你以為他什麼也不知道。」郭首治玩弄著手上的手術刀：「欺騙像豬一樣笨的你。」

「你說誰是……誰是豬？！」甲田由反駁。

「我……我……說……說……你！」郭首治扮他說話。

「你……」

同一時間。

「你為什麼偷看我的寶貝小嬉？」肥農看著冤賴潮說。

「我……我那有偷看？你是不是眼睛有問題？你不偷看我又怎知我偷看？」冤賴潮說。

「你是不是想我……」肥農生氣地說。

「妹妹，要不是我教妳如何成為大人？」東梅仙走到書小嫣身邊，摸著她的大腿。

「我不要。」書小嫣說。

「別要碰我的公主！」肥農大叫。

「大家！」黃奎安阻止了他們吵下去。

要一群完全沒有自制能力，而且腦袋有問題的人開會，簡直是不可能的任務。

「好吧，會議結束，我們直接去問窮三世吧！」黃奎安：「我要知道真正的答案！」

CHAPTER 08

存在

EXIST

X.L.N.T.

CHAPTER 08 存在 EXIST 01

一把熟悉的聲音，從102與103號房牆上的小孔傳來。

「醒了嗎？」

這把聲音……

「是不是很想知道發生什麼事？」他說：「我是世界上最清楚你的人，最明白你現在的心情。」

「你……你是誰？」

我從那個小孔中看著102號房，只看到一個……瞳孔。

他同樣看著我！

「為什麼要姓窮？還要窮『三世』呢？為什麼上天這麼不公平，別人唾手可得的東西，名車、名錶、美女等等，你卻一世也沒法得到？為什麼是你有罪？明明就是你的上司先出手，你只是自衛殺死了他，為什麼有罪的人是你？為什麼要住在這裡？」他一連串地說。

的確，我腦海中曾經出現過他說的所有問題。

「一個人要有幾折墮，才會住在這裡呢。」他說。

一個人要有幾折墮，才會住在這裡？

我整個人也呆了，這是我曾經說過的一句說話！

「你究竟是誰？！為什麼知道我的事！」我憤怒地說。

「我都說，我是世界上最了解你的人。」他說。

我在腦海中找尋著每一個我認識的人，誰是最了解我的人？我只想到我最好的朋友……振柳強。

「對，先跟你說吧，振柳強不是自殺的。」他氣定神閒地說：「他是我殺的。」

「什麼？！」

「你下一個想法應該是……」他想了一想：「我為什麼要殺振柳強？他又不是住在這裡的人，為什麼要殺他？你現在腦海中是這樣想，對吧？」

他好像完全知道我的想法一樣！

「因為我知道你會把這裡的事都告訴他，這樣就麻煩了，最好的處理方法，就是把他除掉。」

振柳強是這個人殺死的？！我沒法相信他的說話，我不斷搖頭，坐到地上。

「別要這樣，你的新開始快來了，你應該感覺到高興才對。」他笑說。

「你究竟是誰！是誰！是誰！是誰！？！？！？！？」

我用頭撞向牆，牆上留下我的血跡。

「你跟我一樣都是急性子，不過也對，嘿。」他說：「我就讓你見見我。」

我再次從牆上的小孔中看著102號房，他離開了剛才的位置，準備走出102號房。

等等……

劏房內還有一個人！

他坐在床上，聽著那個人跟我對話！

我在聖比得住宿之家大廈從來也沒見過這個人，他又是誰？！

第二個人指指右面，好像跟我說，「他」很快就會過來找我。

我聽到了打開大門的聲音，然後是……腳步聲。

我的心跳加速，就像心臟快要跳出來一樣。

腳步聲停下，然後我聽到鎖匙開門的聲音。

打開103號房房門的聲音。

「他」終於出現在我的眼前……

「HI，我們終於見面了。」他說。

首先，我是瞪大眼睛，莫名其妙。

然後，我的面容扭曲，扭曲到我也認不出我自己！！！

這樣都只是半秒內在我臉上出現的表情！！！

我的人生中，從來沒有這樣心戰膽栗，我只能用毛骨聳然來形容現在的心情……

比毛骨聳然更毛骨聳然……

我想，我見到最恐怖的鬼，也不會驚慌到這個地步……

我見到了……

另一個……

……

…

.

窮
Piła tarczowa z węglikiem spiekanym

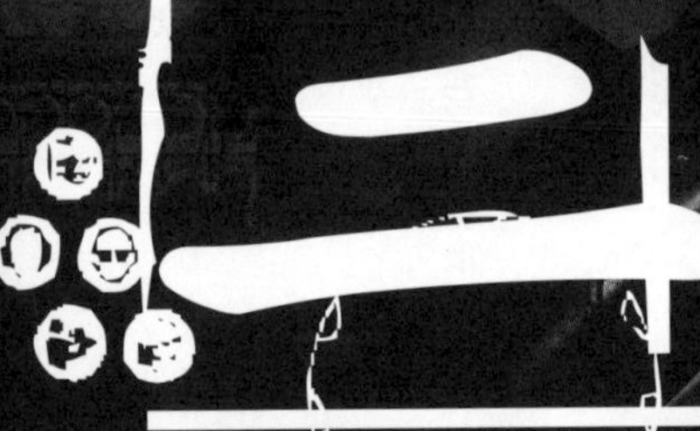
三

世
HM
TCT
60

CHAPTER 08
存在
EXIST 02

時間倒流，畫面回到第一個死亡的住客開始。

那晚，一樓洗手間的廁格內。

「你叫我來做什麼？」陳美桃用挑逗的眼神看著窮三世：「你是不是要姐姐來教訓一下你。」

陳美桃騎在穿上皮褸的窮三世大腿上，她的舌頭在他的臉上遊走。

「為什麼有時見你會這麼冷漠？有時又很熱情？」陳美桃問：「前天在飯堂見你連招呼都不跟我打。」

「我不想太多人知道我們的關係。」

真的是這樣嗎？

才不是。

因為「那個」窮三世，根本就不是「這個」窮三世。

「你不想別人知道嗎？那我就一定要『教訓』你了。」陳美桃輕輕摸著窮三世的下體。

「教訓我嗎？妳不脫下衣服又怎教訓我？」窮三世奸笑說。

不用一秒，陳美桃準備脫下上身的背心，就在她雙手舉起，背心擋著視線之時，窮三世拿出了一把短刀……

插入陳美桃的腹部！

陳美桃本想大叫，卻被窮三世掩著嘴巴。

「好吧，妳就成為聖比得住宿之家大廈第一個死去的住客。」窮三世微笑，然後把刀插得更深。

陳美桃一動也不動地死去，然後窮三世把她的衣服脫去，在她身上一刀一刀劏下去，有些刀痕，甚至深得見骨。

還未夠，他拿出了一支液化氣噴火槍，向著陳美桃左邊面噴火。

窮三世一面噴，一面用鼻子嗅著。

「很香，很像韓式燒烤的燒肉味。」他說。

完成他的「工作」以後，他離開了洗手間，就在走廊的樓梯處，神出鬼沒的黃奎安拍到他的背影，因為非常昏暗，他只拍到他的背影，還有「K3」皮褸。

不久，另一個窮三世從108號房走出來，他打了一個呵欠，然後……

走去一樓的洗手間。

……

…

．

那晚，205號房。

窮三世用 iPhone 線把何法子的手緊緊綁在背後，然後用一把尖銳的軍刀，慢慢插入她的喉嚨。

「別怕，很快沒事的。」窮三世說。

何法子沒法大叫，只痛苦得全身僵直，血水從她的嘴流下，染滿她整件衣服。

窮三世把已經死去的何法子的上衣撕開，然後用她的血在她身上寫著……

「我是殺人犯」。

他滿意地看著死去的何法子。

完事後，他離開了205號房，就在走廊遇上了307號房的弟弟張德，八歲的張德清清楚楚看到窮三世的樣子。

窮三世要殺死張德？

才不是，他反而要讓張德看到是自己所做的。

是窮三世所做的。

他做了一個安靜的手勢，然後轉身離開。

……

…

‧

那晚，103號房。

住在103號房，穿上皮褸的窮三世，用小型電鑽鑽穿了103號房與102號房的牆壁。

「媽的！為什麼鑽穿了牆壁！你是瘋了嗎？」王烈杉怒罵。

鑽頭縮回去，王烈杉爬起從鑽穿的小孔看過去103號房，他看到了……一隻眼睛。

窮三世的眼睛。

「你……你是誰？！」王烈杉大叫。

「有沒有興趣……跟我來一場遊戲？」

窮三世說。

CHAPTER 08

存在

EXIST 03

那晚，108號房。

窮三世回到自己的房間，戴上了耳機，把音量調到最大。

他聽著我最愛的 **Damien Rice** 其中一首歌《**Elephant**》。

突然，有人打開了他的房門，從門縫中看著窮三世。

他是另一個穿上皮褸的「窮三世」。

他什麼也沒做，只是靜靜地看著窮三世，他知道他正在聽著 **Damien Rice** 的歌。

為什麼他可以打開窮三世房間的門鎖？

不是只有包租婆與窮三世才有房門的鎖匙嗎？

不，他當然有108號房的鎖匙，因為他除了住在103號房，同時也住在……108號房。

「好好睡吧。」

他說完輕輕關上大門，然後從走廊中消失。

……

…

．

那晚，204號房。

有人敲門，紫向風問：「誰？」

「是我。」

紫向風聽到是窮三世的聲音，放下了戒心打開了大門。

「找我有事？」紫向風問。

「對，可以讓我進來嗎？」窮三世說。

窮三世說要買毒品，所以來找她。

「最近的貨量不多，我只能給你……」

紫向風還未說完，感覺到後腦突然傳我一陣劇痛！窮三世從紫向風的背後襲擊她！

紫向風趟在地上昏迷。

「我的工作完成了，之後就由你慢慢玩。」

窮三世跟在他身後的王烈杉說。

……

…

．

這晚，103號房。

「為……為什麼……你會跟我的樣子一模一樣？！」

我完全不敢相信自己看到眼前的另一個自己！

「我當然跟你的樣子一模一樣，因為我就是你！」穿上皮褸的窮三世打開雙臂囂張地說。

「我……我是不是在發夢？」我拍打自己的面：「一定是在發夢，一定是！」

「才不是呢。」他走向我，我退後了一步：「我就是你，你就是我，你不是在發夢。」

「怎……怎會這樣？！」我完全不敢相信。

「你記得包租婆的兒子，姦殺毛叔的女兒這件事嗎？二十三年前的事。」他問。

「這跟現在發生的事有什麼關係？！」我大叫。

等等……

當年包租婆兒子瑞口智是一個沒有陰莖的男人，影片卻拍到瑞口智姦殺毛叔女兒的惡行，而精液的鑒證報告也證明是屬於他。

沒有陰莖，也不能射精，他又怎可以姦殺？！

「看來你已經想到了。」皮褸窮三世說。

此時，另一個男人走了過來，他站在皮褸窮三世的背後。

「你好！」他舉起手微笑跟我打招呼：「你是我在這裡第二個直接見面的住客，第一個就是那個死去紫向風。」

他是剛才在102號房的那個男人！

「初次見面，讓我來介紹一下自己。」他伸出了手：「我是包租婆的兒子，我叫……瑞口智。」

怎可能？！

瑞口智不是二十三年前，十九歲時自殺死了嗎？！這個中年的男人怎會是瑞口智？！

我退後到書桌，已經不能再退後。

「當年姦殺那個女孩的人……是我！瑞口智！」

他滿意地指著自己。

現在的情況……簡直是瘋了！

「先跟你說，你的包租婆已經被他殺死了。」瑞口智輕鬆地指著皮褸窮三世：「不過她最後也知道我是愛她的，死得瞑目了。」

什麼叫「你的包租婆」？

她不是瑞口智的母親嗎？母親被人殺了，為什麼他可以說得這麼輕鬆？

「我媽的死，是我安排的，因為她知道得太多了。」瑞口智無奈地搖頭。

「一切……都是你的安排？」我口在震。

「對，聖比得住宿之家大廈讓通緝犯入住也是我的安排。」瑞口智說：「你有沒有聽過史丹福監獄實驗？現在我更加厲害，把一群殺人犯、強姦犯集合在一起，然後讓人類的黑暗面出現，最後變成了……互相殘殺！」

他真的……瘋子！

「別忘記是我先殺死兩個住客，才會有現在的成果。」皮褸窮三世在稱讚自己。

「然後你們把所有的事都嫁禍給我？」我問。

瑞口智看著「那個我」，他沒有說話。

「我們一直合作，我的實驗也完成了一半，而他的呢？」瑞口智跟皮褸窮三世說：「你自己說吧。」

「也差不多了，那群住客快來找你了。」皮褸窮三世：「最後的關鍵……是你。」

他指著我。

「我？我完全不明白你在說什麼！」

我完全搞不懂！完全搞不懂！

完、全、搞、不、懂！

為什麼有另一個我？還有另一個瑞口智？

究竟究竟究竟究竟究竟究竟發生了什麼事？！

「別要心急，很快你就會知道究竟發生什麼事，而且你的新生活快要……開始了。」

皮褸窮三世突然拿出了一把手槍，然後向我發射！

我看著胸前的針頭，我……我……我……

強烈的暈眩感覺，我已經再張不開眼睛……

……

…

．

我發了一個夢。

在夢中，我住在一個叫聖比得住宿之家大廈的劏房單位，108號房。

什麼也沒有，只有四十呎的房間。

在聖比得遇上不同的住客，他們都是怪人，而且通通都是通緝犯。

然後，住客開始互相廝殺、虐殺……

一個一個死去。

血腥的畫面不斷出現在我的眼前，我在夢中祈禱，希望可以快點醒過來！

我知道，一切都只是夢境！不是真實的，我要回到真實的世界！

「快醒來！快醒來！窮三世，快醒來！」

畫面突然改變，來到了另一間劏房。

我被我自己用槍指著！

為什麼會有另一個我出現？！

另一個窮三世！

他向我開槍！

不到數秒，我的意識模糊，再次昏迷過去……

「快醒來！快醒來！窮三世，快醒來！」

你他媽的快醒來！

「呀！！！」

滿頭大汗的我……張開了眼睛，看著上方的黃色燈泡。

「發生什麼事？我還在發夢嗎？」

我坐了起來，看著四周的空間。

什麼也沒有。

「剛才……剛才……」我用力地回憶起昏迷前的畫面。

「對，是另一個窮三世向我開槍！」

那個是夢？

還是現在才是夢？

在空無一物的房間，只有一條樓梯。

我走向了樓梯。

我走了三四層的樓梯，來到了一間劏房，劏房內就只有睡床與書桌。

這裡……這裡跟我住的劏房是一模一樣的！

在房的前方有一道鐵門，我扭開鐵門的鎖走出去，又有另一道木門。

我再次打開了木門。

「這裡是……」

在我面前的是一條熟悉的走廊，我走出了走廊回頭看著門上的數字……

「304號房」。

原來一直鎖著的304號房，是通向聖比得住宿之家大廈的一個地下室！

但為什麼我會在這裡？！

等等，這裡有點不同，本來昏暗的走廊，陽光從玻璃窗照進來，把陰森的走廊照得光亮。

突然，有人從對面的308號房走了出來！

「啊？窮？你在這裡做什麼？」他問。

他是……郭首治！

我想起了他在樹林中把針筒刺入我後頸的畫面！

我立即逃跑！

我從走廊逃走，回頭看著郭首治，沒注意到前方有人走出來，我跟那個人碰過正著！

「很痛啊！」她在地上摸摸頭：「窮！你還是小朋友嗎？在走廊亂跑！」

她……我看著她走出來的房間門牌，是寫著302 號房！

她是302 號房的……陳美桃！

怎會這樣？！

她的臉上完全沒有被燒傷的痕跡，跟正常人完全無異！更重要的是……

陳美桃不是已經死去了嗎？為什麼她會在我面前出現？！

「呀！！！」

我瘋了一樣大叫，然後逃離三樓！

我在三樓與二樓的樓梯之間，遇上了……

包租婆！

「三世發生什麼事？你為什麼見到我就像見到鬼一樣？」包租婆微笑說：「今晚有你最愛吃的三文魚生刺身飯，記得來飯堂吃！」

我哭著臉看著她，沒有理會她，繼續向下跑！

我來到了一樓的飯堂……

毛叔正在看報紙、狗婆在做著早晨伸展操、紫向風在吃著早餐、何法子正在準備食物！

他們……

他們不是通通死了嗎？！

為什麼會出現在飯堂？！

瘋了！一定是瘋了！

我火速跑向我住的108號房！把鎖匙插入大門，打開大門！

房間內放滿了我的東西，座地衣架上都是我最愛的衣服，還有 Damien Rice 的 CD、我喜歡的figure等等，全都是我喜歡的東西，不過……

跟我本來的劏房完全不同！

此時，我才發現自己穿著那件多年沒有著過的K3皮褸！

我像變成了那個「皮褸窮三世」一樣！

突然，有人敲門。

「窮，你做什麼？為什麼大家都說你怪怪的？你是不是不舒服？」一個女生的聲音說。

我不只是不舒服！我簡直是覺得自己瘋了！

我打開了門，她立即撲向我，擁抱著我！

「不是說過嗎？有什麼事要跟我說，別要一個人承受！」她溫柔地說：「別忘記我是你的女朋友啊！」

她是……她是208號房的程黛娜！

「究竟發生了什麼事？我是不是發夢？還是之前發生的事都是在發夢？」我坐在地上。

「窮，發生了什麼事？」程黛娜也蹲了下來，用擔心的眼神看著我。

我一定是在發夢！所有事都完全不合邏輯！

我如何才可以夢醒？

突然，我感覺到口腔痛楚，我才發現我有一隻牙齒掉了，很痛。

這是……我記得，我在樹林中被王烈杉踢中臉部，掉了一隻牙！

這……不是夢！

聖比得住宿之家大廈所發生的事都不是夢！！！

「窮，我很擔心你。」程黛娜雙手放在我的兩邊臉頰。

我第一次這麼近看著她……很美，真的很美。

不過，這不是真實的！一定有什麼出錯！

我爬了起來，走回飯堂看著那些明明已經死去的住客，他們都用奇怪的眼神看著我。

此時，有一個小孩從二樓樓梯走下來。

「德仔！」紫向風走向了他：「聽包租婆說你之前出車禍，她又說你傷得很嚴重，現在看你完全沒事似的！」

張德表情呆滯，完全沒把她的說話聽入耳。

張德？黃奎安說，那個穿皮褸的窮三世抱著張德的屍體從304號房走了出來……張德他會不會知道什麼？！

我立即走向他，然後拉著他的手：「跟我來！」

我把他帶到108號房。

「張德，你叫張德對吧，我想問你……」

「很奇怪。」張德沒等我問就自己先說：「這裡很怪，哥哥也很怪，其他人都很奇怪。」

「有什麼奇怪？」我問。

「我跟哥哥說青蛙，他不明白我在說什麼，還叫我好好讀書，要做個乖孩子。」張德看著我：

「你知道發生什麼事嗎？」

他跟我的想法完全一樣！所有人與事都不同了，死了的人復活，在生的人性格完全相反，就像來到了一個……

陌生的世界。

「你記得聖比得住宿之家大廈是怎樣的嗎？」我問。

「都很昏暗的，不像現在燈火通明。」張德說：「而且住在這裡的人都不會見面，不像現在大家都聚集在一起，本來只有我跟哥哥在沒有人時才會出來玩，現在哥哥跟我說，我們一直也跟其他住客一起玩！根本不用躲起來！」

我不是在發夢，張德跟我的情況一樣！

「在外面玩時，我捉到一隻青蛙，我說不如劏開那隻青蛙，他竟然跟我說這樣很殘忍。」張德低下了頭：「他還罵我腦袋是不是有問題……」

性格完全不同了……

黃奎安說，那個窮三世抱著一個死去的張德從304號房走出來，然後張德失蹤，難道是……

等等，現在張德卻在這裡跟我聊天？

會不會是……

交換了？

我突然出現了一份心寒的感覺！

我想起了瑞口智說什麼「你的包租婆」……

我的包租婆……他的包租婆……兩個同時存在的包租婆……

世界上有另一個我出現……

難道……難道……

我看到書桌上有一張卡片，我拿起來看……

……

．．

．

給窮三世

是不是覺得很奇怪？一覺醒來，什麼也改變了，我知道你會怎樣想，因為我就是你，我太清楚你了。

你一定會在想，經歷過的過去都是在發夢，不對不對，現在才是在發夢，不不不，那時是發夢，不不不，現在才是在夢中……你不斷地想著……

那一個世界才是真的？那個才是夢境？

就好像寫小說故事一樣，小說故事本身是真的？還是現在寫小說的你才是假的？

其實，通通都錯了。

因為……兩個都是真實的世界。

歡迎來到「我的世界」。

歡迎來到我的……

「平行時空」。

……

…

.

ENJOY MY LIFE。

劏

SECRET ROOM

SEASON ONE THE END

to be continued

聖比得住宿之家大廈

（第八章更新）

ROOFTOP

02 天台屋
空置

01 天台屋
包租婆/
蓉芬依
56歲

3 / F

304 號房
???

303 號房
訕坤
52歲

302 號房
陳美桃
30歲

301 號房
冤賴潮
28歲

2 / F
（女子）

204 號房
紫向風/
風風
21歲

203 號房
巫奕詩
45歲
、沾沾仔

202 號房
東梅仙
38歲

201 號房
趙九妹/
狗婆
76歲

1 / F
（男子）

104 號房
毛大岡/
毛叔
65歲

103 號房
窮三世
(二)

102 號房
王烈杉/
彬仔
32歲

101 號房
戶如呂
67歲

03 天台屋
???

308 號房
郭首治
35歲

307 號房
張基、張德
8歲

306 號房
黃奎安
38歲

305 號房
書小嫎/
小小
11歲

208 號房
程黛娜
26歲

207 號房
富裕程
17歲

206 號房
白潔素
31歲

205 號房
何法子
40歲

108 號房
窮三世/
三世
25歲

107 號房
甲田由/
漏口仔
24歲

106 號房
連成鎮
34歲

105 號房
周志農/
肥農
45歲

SEASON 1.5

那天。

就在聖比得住宿之家大廈的住客在二樓開會之時，他一個人在天台。

他們曾經找過他，不過沒有人在劏房之內。

他是106號房的連成鎮。

天台很暗，他看著手中的iPad，整個人也在亢奮狀態。

「終於遇上了！他們終於遇上了！」他咬著手指說。

在iPad上播放著103號房的畫面，兩個窮三世在對話，而且還有那個之前出現，連成鎮從沒見過的瑞口智。

連成鎮一直窺探著整棟聖比得住宿之家大廈，他一早已經發現了有兩個不同的窮三世，最初，他以為只是孖生兄弟，沒想到不是他想的那樣。

「太精彩了！簡直是超展開！超展開！超展開！我要寫下來！寫下來！」

然後他打開了頭上安全帽的燈，在他的簿上寫著。

他喜歡用手寫的方法，去寫他的小說。

一個故事創作者最喜歡是什麼？

就是靈感與情節在腦中源源不絕地自動湧出，會有一種他媽的快感。

他第一本自資賣了四十八本的小說，書名叫《籠屋》，這次，他已經想好了第二本小說的內容，書名叫……

……

…

.

《劏房》。

聖比得住宿之家大廈另一個沒有出現在二樓休息室的住客……

207號房的富裕程。

她一個人走出了大廈，看著聖比得大門上的門牌。

「差不多了，是時候要走。」她抬頭對著門牌說：「不過，我一定會回來的啊！」

此時，在她的背後出現了一個男人。

「小姐，我是來接妳的。」一位穿上英式紳士服的中年男人走向了她，半彎腰說。

「潘尼管家你真的準時啊！」富裕程抱著他的手臂：「走吧！」

「小姐別要這樣，要有禮儀！」潘尼管家說。

「在這裡不用什麼禮儀，嘻！快走吧！」

潘尼管家被她拉著走。

「這次旅程好玩嗎？」潘尼管家一面走一面說。

「我終於見到『她』，她比我想像中更美。」富裕程說。

「是嗎？」潘尼管家微微一笑。

他們來到樹林中，一架黑色轎跑車的車門向上升起，車廂非常豪華，奇怪地，卻放著兩張舊式理髮椅子。

他們兩人一起坐上了理髮椅。

「好了，我們走了。」潘尼管家。

轎跑車的車門慢慢落下，富裕程看著天空上的月光，直至車門完全關上。

從她的眼神之中，感覺到她有一份依依不捨。

她的名字叫富裕程，她因為不喜歡自己的姓氏，所以擅自改了一個剛剛相反的名字。

她的本名是……

此時，她的手機響起，她拿出了另一台奇怪的手機，出現了一個男人的立體影像。

「窮裕程，妳捨得回來了嗎？」男人說。

「我現在我回來了……」富裕程說：「爸爸。」

……

…

.

SECRET ROOM

SEASON TWO
COMING SOON

LWOAVIE RAY TEAM

孤泣特別鳴謝 小說團隊

由出版第一本書開始，只得我一人。直至現在，已經擁有一個孤泣小說的小小團隊。謝謝一直幫忙的朋友。從來，世界上衡量的單位也會用金錢來掛勾，但在這個「孤泣小說團隊」中，讓我發現，別人為自己無條件的付出。而當中推動的力量就只有四個大字——

「我支持你」

很感動！在此，就讓我來介紹一直默默地在我背後支持的團隊成員。

APP PRODUCTION

JASON

傳說中的 Jason 是以戇直、純真、傻勁加上一點點的熱血配製而成。為了達成為一個小小的夢想、忍痛放棄一份外人以為穩定的工作、毅然投身自由創作人的行列。希望可以創作屬於自己的 iOS App、繪本、魔術書、氣球玩藝書、攝影手冊、攝影集、IT工具書等歡迎大家來www.jasonworkshop.com參觀哦！

EDITING

曦雪 WINNIFRED

愛幻想、愛看書、愛笑愛叫的怪小孩，平時所有愛做的都不會做。喜歡寫作卻不會寫，說是因為懂寫不懂作。

現實中Winnifred是化妝師，見證多少有情人終成眷屬。喜歡美麗的事物，自成一角的審美態度：「美，可以是看不到、觸不到，卻能感受得到。」機緣巧合，成為孤泣的文字化妝師。

RONALD

學藝未精小伙子，竟卻有幸擔任孤泣小說的校對工作，可說是人生一大幸運的事。

首喬

卞之琳這樣說：「你站在橋上看風景，看風景人在樓上看你。明月裝飾了你的窗子，你裝飾了別人的夢。」能夠裝飾別人的夢，是錦上添花。

小雨

顧城說：「黑夜給了我黑色的眼睛／我卻用它尋找光明」，願我們黑色的眼睛，不會忘記光明的樣子，不放棄。

I only have one person. Until now, I already have a small team of solitary novels. Thank you for your help. In the

INDEX TO THE PLATES

MULTIMEDIA

GRAPHIC DESIGN

阿鋒

平面設計師，孤泣愛好者。由讀者搖身一變成為團隊成員之一，期望以自己的能力助孤泣一臂之力。

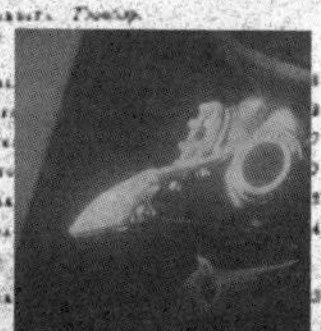

RICKY

平面設計師，兜了一圈，原地做夢！感激孤泣賞識同時多謝工作室團隊，這團火燒到了我。創作人，路是難行，但並不孤單。

阿祖

喜歡電影、漫畫、小說、創作，希望替孤泣塑造一個更立體的世界。

ILLUSTRATION

13

不善於用文字去表達心情，但喜歡以圖畫畫出一片天空，這片天空是無限大，同時存在了無限個可能。多謝孤泣給我機會發揮我自己，而孤泣的小說，是我的優質食糧。

LEGAL ADVISER

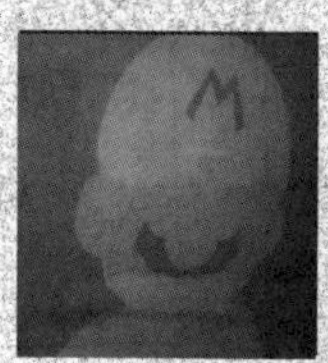

X律師

當孤泣問我如何殺人不坐監、未來人受不受法律約束時，我決定成為他的顧問，律師費請匯入我戶口，哈哈。

PROPAGANDA

孤迷會_OFFICIAL

www.facebook.com/lwoavieclub

IG: LWOAVIECLUB

[illegible] 337, [illegible]

[illegible] I. 243

[illegible] of [illegible] Club [illegible]

[illegible] Church, [illegible]

meeting [illegible], III. 87

Assembly of the [illegible] of Scotlan[illegible]

Plate 13

Assem[illegible] I. [illegible]

III. 271 [illegible]

Association [illegible]

the, [illegible], Lei[illegible]